Edith Kneifl, 1954 in Wels (Oberösterreich) geboren, studierte Psychologie und Ethnologie in Wien, wo sie heute als Psychoanalytikerin und Autorin lebt. 1988 erhielt sie den Theodor-Körner-Preis für Literatur, 1992 für ihren Roman *Zwischen zwei Nächten* als erste Frau den Glauser-Preis. Zuletzt erschien von ihr die Anthologie *Mörderisch unterwegs*. www.kneifl.at

Edith Kneifl

DER TOD IST EINE WIENERIN

Krimi * Nautilus

KALIBER .64

Edition Nautilus
Verlag Lutz Schulenburg
Alte Holstenstraße 22
D-21031 Hamburg
www.edition-nautilus.de

Die Krimireihe
»Kaliber .64« wird
herausgegeben von
Volker Albers

Umschlaggestaltung:
Maja Bechert, Hamburg
www.majabechert.de
Originalveröffentlichung
Erstausgabe August 2007
Printed in Czech Republic
1. Auflage
ISBN 978-3-89401-552-7

1.

Der Himmel über Wien war grau. Missmutige, stark gerötete Gesichter in der U-Bahn. Als ich an der Station Kettenbrückengasse ausstieg, begann es zu regnen. Es war viel zu kalt für Anfang April. Ich schritt schneller aus. Dummerweise hatte ich meinen Schirm im Krankenhaus vergessen. Der Wind peitschte mir die Regentropfen ins Gesicht.

Die Hausnummer 46 befindet sich genau gegenüber dem U-Bahn-Ausgang, Ende des Naschmarkts, Beginn des Flohmarkts, hatte die Frau am Telefon gesagt. Beim Würstelstand lungerten übel riechende Säufer und Junkies mit stinkenden Schäferhunden herum. Da ich Angst vor Hunden habe, machte ich einen großen Bogen um sie. Außerdem hatte ich keine Lust, angeschnorrt zu werden.

Ich ging hinüber zu dem prächtigen, aber dringend renovierungsbedürftigen Jugendstilbau. In dem Schildchenwald neben der Gegensprechanlage suchte ich vergeblich eine Beratungsstelle oder psychotherapeutische Praxis. Die Nummer 46 befand sich dann auch zwei Häuser weiter, jenseits einer engen Gasse. Der Eingang lag unterhalb des Straßenniveaus.

Das fünfstöckige, in knalligem rosa gestrichene Gebäude sah mindestens so desolat aus wie der Otto-Wagner-Bau auf der anderen Seite der Gasse. Neben dem Klingelbrett entdeckte ich das gesuchte Schild: »Beratungsstelle für Frauen in schwierigen Lebenssituationen«.

Die Adresse hatte ich aus dem Internet. Von all den kostenlosen Infostellen für Scheidungswillige und Selbsthilfegruppen für frisch Geschiedene hatte mich diese mit ihrem Slogan: »Scheidung – was tun?« als einzige angesprochen.

Kaum hatte ich das Haus betreten, bereute ich meine Entscheidung.
Im Souterrain war es stockfinster. Der Lichtschalter, halb verborgen hinter den überquellenden Mülltonnen, war nicht erreichbar, und der unerträgliche Gestank aus der Biotonne hatte bestimmt Ratten angelockt. Mich ekelt vor Ratten. Ich lief die paar Stufen hinauf ins Parterre. Obwohl sich die Praxis im ersten Stock befand, entschied ich mich für den altertümlichen Lift. In diesen Gründerzeitbauten gab es immer ein Mezzanin.
Ich war schon zehn Stunden auf den Beinen und hatte seit dem Frühstück nichts gegessen. Obwohl ich meinem Chef gesagt hatte, dass ich heute, wegen eines wichtigen Termins, pünktlich gehen müsse, war ich erst knapp nach siebzehn Uhr aus dem Spital herausgekommen.
Nach dem Ende meines Studiums hatte ich als Anästhesistin in einem Klosterspital gearbeitet. Als dieses kleine private Krankenhaus vor zwei Jahren geschlossen wurde, stand ich plötzlich auf der Straße. Mit sechsundvierzig kann man sich den Job nicht aussuchen. Das Allgemeine Krankenhaus Wien hatte nie auf meiner Wunschliste gestanden. Meine schlimmsten Befürchtungen wurden hier Realität. Eine 70- bis 90-Stunden-Woche, viele Nachtdienste, intrigante, egomanische Kollegen … Schon nach einem Monat hätte ich am liebsten wieder gekündigt. So kurz vor der Scheidung wäre das keine besonders gute Idee gewesen.
Heute früh hatte ich einen Neunzehnjährigen in den Himmel geschickt. Er war in der Nacht mit seinem Motorrad auf der Südautobahn, kurz vor Wien, von der Fahrbahn abgekommen und an einen Betonpfeiler

geknallt. Schwerste innere Verletzungen, massive Gehirnblutungen, und sein linkes Bein baumelte nur noch an ein paar Sehnen. Ich hätte ihn noch ein paar Tage künstlich am Leben halten können. Doch ich entschied mich für einen schnellen, schmerzlosen Tod. Manchmal muss ich eben Gott spielen.

Zögernd drückte ich auf die Klingel. Ein Schild versprach: »Mediation, Coaching, Lebensberatung«.

Inzwischen war ich überzeugt, im falschen Film zu sein, konnte mich aber nicht dazu entschließen, umzukehren.

Die Tür öffnete sich automatisch. In dem langen, schmalen Vorraum, der anscheinend als Wartezimmer diente, saßen eine rundliche, sehr unvorteilhaft gekleidete ältere Frau mit einem offenen, freundlichen Gesicht und eine zarte dreißigjährige Brünette mit altmodischer Brille.

Die Kleine wippte nervös mit ihrem Stuhl. Die Ältere saß hingegen regungslos auf der Stuhlkante. Wagte anscheinend nicht, sich zu bewegen. Als ich den Raum betrat, sahen beide von den Zeitschriften auf, hinter denen sie sich versteckt hatten, um nicht miteinander reden zu müssen.

»Guten Abend«, sagte ich freundlich und überlegte, ob ich nicht besser bis zum Beginn des Informationsgesprächs auf die Toilette verschwinden sollte. Vom Warteraum aus führten drei Türen hinaus. Auf einer stand »Privat«, auf der zweiten »Toilette«. Die dritte, eine große Flügeltür, führte anscheinend ins Besprechungszimmer.

Ein Blick auf die Uhr. Zwei Minuten vor sechs. Für eine Flucht auf die Toilette war es zu spät.

An den Wänden hingen alte, kunstvoll gerahmte Plakate vom benachbarten Theater an der Wien.

»Elisabeth, Cats, Das Phantom der Oper, Evita…, alles, was die Musical-Hochburg Wien zu bieten hat«, versuchte ich zu scherzen. Auch ich war nervös. Und die beiden Augenpaare, die nach wie vor auf mich gerichtet waren, trugen nicht dazu bei, meine Nerven zu beruhigen. Weder lächelten die Damen, noch ließen sie eine Bemerkung fallen.
Plötzlich ging die Flügeltür auf.
Eine große, schlanke Frau um die fünfzig mit flottem Kurzhaarschnitt, eindrucksvollen dunklen Augen und knallroten Lippen gab jedem von uns die Hand, ohne sich vorzustellen, und bat uns herein.
Ich hatte bei der Begrüßung undeutlich meinen Namen genannt.
»Weder unsere Namen, noch unsere Adressen sind hier von Bedeutung«, sagte sie. »Wir wollen lieber anonym bleiben. Ich würde vorschlagen, jede von uns denkt sich einen neuen Vornamen für sich aus. Mich könnt ihr Gudrun nennen. Bedenkt jedoch, ein Deckname will sorgfältig gewählt sein.«
Die Kleine mit der hässlichen Brille blickte sie erschrocken an.
Mich amüsierte dieses geheimnisvolle Getue. Allerdings behagte mir der Gedanke nicht, mich mit diesen drei fremden Frauen duzen zu müssen.
Ich blieb kurz in der Tür stehen und sah mich um.
Obwohl ich selbst eine 150 qm große Altbauwohnung renoviert hatte, war ich von der funktionellen und gemütlichen Gestaltung des Raumes beeindruckt. Ich hatte esoterischen Schnickschnack erwartet und war nun fast enttäuscht, keine Feng-Shui-gerechte Einrichtung zu entdecken.
Das Zimmer hatte etwa fünfzig Quadratmeter, mindestens vier Meter Raumhöhe und zwei große Fenster.

In einer Ecke stand eine Polstergarnitur aus moosgrünem Leder, in der Mitte ein dunkelbrauner französischer Landhaustisch, umrahmt von acht hohen Stühlen mit hübschen, geblümten Hussen. An den in zartem Gelb gestrichenen Wänden hing farblich dazu passende abstrakte Malerei. Gesund aussehende Topfpflanzen, Bücherregale und ein kleiner, dunkelroter Kachelofen ergänzten das geschmackvolle Interieur.
Die Tür zu einem zweiten Raum stand einen Spalt offen. Bevor Gudrun sie schloss, erhaschte ich einen Blick auf einen modernen gläsernen Schreibtisch und eine große Pinnwand voller Zeitungsausschnitte.
» Nehmt bitte Platz. Da wir zu viert sind, können wir es uns in der Sitzecke gemütlich machen«, sagte sie.
Ich setzte mich als Erste. Wählte einen Fauteuil. Ich saß nicht gern neben fremden Leuten auf einer Couch.
Ein riesiger Tontopf, gefüllt mit getrockneten Rosenblättern, diente als Tischchen. Auf der Glasplatte, die den Topf bedeckte, standen Mineralwasserflaschen mit und ohne Kohlensäure, vier Gläser und ein großer Aschenbecher aus Murano-Glas.
»Darf ich«, fragte ich sogleich und fischte Zigaretten und Zünder aus meiner Handtasche.
Die anderen beiden nahmen auf der Couch Platz.
Gudrun setzte sich mir gegenüber in den zweiten Fauteuil. »Habt ihr euch schon für einen neuen Namen entschieden«, fragte sie lächelnd.
Ihr Lächeln gefiel mir. Ließ sie ein paar Jährchen jünger aussehen.
»Nora«, sagte ich wie aus der Pistole geschossen. Nora war schon immer mein Lieblingsname gewesen. Hätte ich eine Tochter gehabt, hätte ich sie sicher Nora genannt.
»Marie«, sagte die Mollige und fügte erklärend hinzu:

»Das ist mein zweiter Vorname. Dann tu ich mich leichter.«
Ihre Sprache war dialektgefärbt. Ich tippte auf Burgenland.
»Mein Mann sagt Mausi zu mir«, flüsterte die Jüngste in der Runde und schnäuzte sich lautstark in ein blütenweißes Stofftaschentuch.
»Dann wollen wir dich lieber nicht so nennen«, sagte Gudrun sanft. »Wie wär's mit Alice?«
Ich musste grinsen. Assoziierte ich doch mit diesem Namen unweigerlich Alice Schwarzer. Hatte Gudrun zufällig diesen Namen für unsere graue Maus ausgesucht oder war sie gar ein bisschen zynisch?
Die Frau begann mich zu interessieren. Ich musterte sie unauffällig, wie ich hoffte, während sie uns erklärte, wie die erste Gesprächsrunde ablaufen solle. Sie hatte schöne, aber etwas kantige Gesichtszüge. Ihr faltiger Hals und die vielen Altersflecken auf den schlanken Händen verrieten, dass sie wahrscheinlich um einiges älter war, als ich auf den ersten Blick angenommen hatte. Auch ihr pechschwarzes Haar sah aus der Nähe unecht aus. Könnte sogar eine Perücke sein, dachte ich.
Sie erklärte uns die Regeln: »Erstens: Sollt ihr immer die Wahrheit sagen. Nichts beschönigen, nichts vertuschen, einfach ehrlich sein. Zweitens: Sollt ihr euch nicht näher kennenlernen. Nie außerhalb dieses Raumes miteinander reden. Deshalb würde ich euch bitten, pünktlich zu den Sitzungen zu erscheinen und die Praxis allein wieder zu verlassen. Drittens: Sollt ihr keine Namen, keine Adressen, keine Telefonnummern und keine Informationen über eure Jobs etc. austauschen.«
Wir sahen uns irritiert an.

Das roch ja nach Geheimorganisation. Ihre Instruktionen erinnerten mich an meine frühere Mitgliedschaft bei einer maoistischen Studentengruppe.
»Information und Beratung sind kostenlos«, fuhr sie fort. »Für Spenden sind wir natürlich dankbar. Wenn ihr wollt, könnt ihr euch die Kontonummer notieren.«
Wir zückten alle drei brav die Bleistifte und schrieben uns die Nummer auf.
Marie begann dann freiwillig als erste, ihre schwierige Situation zu erörtern.
Anfangs hörte ich ihr aufmerksam zu. Als sie zum dritten Mal schilderte, wie und mit wem ihr Mann sie im Laufe ihrer 15-jährigen Ehe betrogen hatte, und immer wieder neue unappetitliche Details, wie zum Beispiel die Affäre ihres Mannes mit ihrer jüngeren Schwester, beschrieb und im selben Atemzug betonte, wie sehr sie ihn liebe, schaltete ich ab. Diese Opfer-Frauen waren mir ein Gräuel. Ich versuchte, mich auf meine eigene Geschichte zu konzentrieren. Überlegte, was ich hier erzählen könnte und was nicht.
Als nächste bat Gudrun die arme Alice, die ich in Gedanken weiterhin Mausi nannte, um eine knappe Darstellung ihrer Probleme. Dieses Mal machte ich mir nicht einmal zu Anfang die Mühe, ordentlich zuzuhören, schreckte aber plötzlich auf, als die Kleine in hysterischem Tonfall sagte: »Ich muss diesen Widerling um jeden Preis loswerden. Am liebsten würde ich ihn umbringen.«
Was hatte ich verpasst? Ein irritierter Blick auf Gudrun. Ich hoffte, sie würde Mausis Ehedrama kurz zusammenfassen, so wie sie es vorhin mit Maries ausführlicher Schilderung der schrecklichen Szenen ihrer Ehe gemacht hatte.
Und tatsächlich sagte sie: »Alice, du hast uns jetzt sehr

anschaulich dargelegt, dass du die Bevormundung und Rechthaberei deines Mannes nicht länger aushältst. Da er allerdings eine Trennung strikt verweigert und du keinen triftigen Scheidungsgrund angeben kannst, wird er einen Scheidungstermin wahrscheinlich jahrelang hinauszögern. Außerdem bist du finanziell total von ihm abhängig. Du kannst ihn also nicht einmal verlassen.«

»Ich ertrage seine Besserwisserei keinen Tag länger«, schluchzte Mausi. »Seine Selbstherrlichkeit und sein schulmeisterliches Gehabe machen mich krank. Ich leide seit Jahren unter Panikattacken, trau mich zeitweise kaum aus dem Haus. Manchmal habe ich echt Angst, verrückt zu werden. Seit einem Jahr schlucke ich heimlich Xanor. Inzwischen nehme ich schon drei Tabletten täglich. Unser Hausarzt hat mir versprochen, meinem Mann nichts davon zu erzählen. Aber vielleicht ist es meinem Alten ja nur recht, wenn ich medikamentenabhängig werde, dann hätte er mich noch besser unter Kontrolle.« Ein heftiger Hustenanfall beendete ihren Wortschwall.

Gudrun schien sich weder von Mausis Erkältung noch von ihrem Xanor-Konsum beeindrucken zu lassen. Unbeirrt fuhr sie fort: »Wir sollten in der zweiten Runde vielleicht gemeinsam überlegen, welche Art von Arbeit du annehmen könntest.«

»Daran wage ich nicht einmal im Traum zu denken«, sagte Mausi. »Er würde mir niemals erlauben, arbeiten zu gehen.«

»Hast du irgendeinen Beruf gelernt?«

»Das Einzige, was ich wirklich gut kann, ist Autofahren. Ich habe dieses Arschloch gleich nach der Schule geheiratet. Er war mein Fahrlehrer. Und ich blöde Gans war damals total in ihn verknallt. Heute

ist er Besitzer dieser Fahrschule. Verdient sich dumm und dämlich ...« Ihre Stimme drohte zu versagen.
»Ich denke, es ist an der Zeit, dass wir Nora zu Wort kommen lassen«, unterbrach Gudrun sie und sah mich auffordernd an.
Es fiel mir nicht leicht, zur Sache zu kommen. Außerdem bezweifelte ich immer mehr, dass ich hier richtig war.
»Ich habe ein unlösbares Problem wegen des neuen Scheidungsrechtes«, fing ich zögernd an.
»Über die rechtliche Lage hast du dich ja anscheinend bereits ausreichend informiert«, sagte Gudrun. »Hier kannst und sollst du über deine Gefühle, deine Ängste und deine geheimsten Wünsche sprechen. Möchtest du uns nicht dein unlösbares Problem genauer schildern?«
»Was für eine Therapieausbildung haben Sie eigentlich?«, antwortete ich mit einer Gegenfrage und sah mein Gegenüber misstrauisch an. Das familiäre Du hatte ich absichtlich nicht benutzt. Ich hatte, so wie die meisten meiner Kolleginnen und Kollegen, eine gewisse Abneigung gegen Psychotherapeuten.
»Ich bin Familien- und Paartherapeutin. Mache aber fast nur noch Coaching und Mediation.«
Sie sagte das ganz ruhig. Mich wunderte, dass sie nicht ungeduldiger auf meinen Widerstand reagierte.
»Du hast am Telefon gesagt, dass die Scheidung bereits eine ausgemachte Sache sei, du demnächst den Antrag stellen möchtest, dass du aber trotzdem in einer vertrackten Situation stecken würdest und keinen Ausweg wüsstest. Warum erzählst du uns nicht einfach, was los ist.«
Ich war selbst überrascht, als ich plötzlich diesen fremden Frauen zu erklären begann, worum es in mei-

nem Fall ging. »Ich will die Scheidung genauso dringend wie Alice. Im Unterschied zu ihrem Mann ist meiner allzu gern bereit, in die Scheidung einzuwilligen. Wir haben keine Kinder, obwohl ich gern eins gehabt hätte. Aber er war von Anfang an dagegen, wollte auf keinen Fall die Verantwortung für ein Kind übernehmen. Mein Mann ist selbstständig. Hat bis vor kurzem eine Werbeagentur gehabt. Nachdem er vor zwei Jahren mit seiner Firma in Konkurs gegangen ist, arbeitet er nur noch schwarz. Ich bin überzeugt, dass er jede Menge Geld beiseite geschafft hat, komme ihm aber nicht auf die Schliche. Nach der Gesetzesänderung müsste ich nun bei einer Scheidung für seinen Lebensunterhalt aufkommen. Ich bin Anästhesistin ...«

»Dein Beruf tut hier nichts zur Sache«, ermahnte Gudrun mich.

»Okay. Ich arbeite sehr viel, verdiene nicht schlecht, kann es mir aber beim besten Willen nicht leisten, ihn und seine Freundin auszuhalten. Ach ja, das habe ich vergessen zu erwähnen, er ist seit einigen Jahren mit einer seiner Ex-Angestellten liiert. Sie arbeitet ebenfalls nicht, oder besser gesagt, sie nennt sich Web-Designerin. Macht sicher auch alles schwarz.«

Marie stöhnte hörbar, unterbrach mich aber nicht.

»Die Eigentumswohnung läuft auf unser beider Namen. Schon bei seinem Konkurs hätte ich die Wohnung fast verloren. Ich habe einen Kredit aufnehmen müssen, um das Schlimmste zu verhindern. Ich hänge sehr an dieser Wohnung, habe sie mit dem Geld, das mir meine Eltern hinterlassen hatten, gekauft. Bei einer Scheidung wäre jedoch nicht nur die Wohnung weg, sondern auch alles andere, was ich nach dem Konkurs gerettet habe, mein Auto und mein Sommer-

häuschen an der Donau, das mir ebenfalls meine Eltern vererbt haben.«
»Hast du schon mal an eine Anzeige wegen Steuerhinterziehung gedacht?«, fragte Marie. »Mein Mann arbeitet im Finanzamt …«
Ich lachte. »Hältst du mich für so blöd? Der Rachefeldzug einer verlassenen Frau? Mich würde keiner ernst nehmen. Außerdem ist mein Mann sehr geschickt. Er hat jahrelange Übung im Bescheißen – pardon.«
Mausi kicherte. Selbst Gudrun wagte ein kleines Schmunzeln.
»Eine anonyme Anzeige …«, sagte Marie schüchtern.
»Natürlich habe ich daran gedacht. Vierzig Prozent meines Gehalts müsste ich aber trotzdem an ihn abgeben. Damit würde ich dann indirekt für seine neue Familie aufkommen. Seine Tussi ist nämlich schwanger.«
Mit diesem Knalleffekt beendete ich meine Geschichte. Zündete mir eine Zigarette an und schaute Gudrun erwartungsvoll an.
»Dürfte ich auch eine haben? Mein Mann hat mir zwar das Rauchen verboten …«, wisperte Mausi.
Ich runzelte die Stirn. Sie bekam schon beim Reden kaum Luft. Trotzdem reichte ich ihr mein Päckchen.
Gudrun räusperte sich und begann meine Probleme zusammenzufassen. Sie betonte vor allem, dass ich gern ein Kind gehabt und mein Mann mir diesen völlig legitimen Wunsch verweigert hätte. »Wie sehr musst du diesen Mann hassen, der nun einer jüngeren Frau ein Kind gemacht hat. Oder besser gesagt, wie sehr muss er dich hassen? Was hast du ihm bloß angetan, liebe Nora?«, endete sie zynisch.
Offensichtlich erwartete sie keine Antwort. Sie blickte auf ihre sündhaft teure Cartier-Uhr und sagte: »Es

wird uns heute nicht gelingen, Lösungsvorschläge für euch alle drei zu erarbeiten. Ich schlage deshalb vor, dass wir uns in der verbleibenden Stunde ausschließlich Maries Fall widmen. Wenn ihr einverstanden seid, treffen wir uns demnächst noch einmal. Ich hoffe, dass wir es heute wenigstens schaffen werden, Maries Problem umfassend zu erörtern.«

Ich runzelte die Stirn. Ein weiteres Gespräch würde mir wahrscheinlich auch nicht mehr bringen als das heutige. Mir konnte ohnehin keiner helfen. Es würde mir nichts anderes übrig bleiben, als meine geliebte Wohnung und das Sommerhäuschen meiner Eltern zu verkaufen, in eine kleine Garconniere zu ziehen und bis zu meinem 65. Lebensjahr rund um die Uhr in diesem grauenhaften Krankenhaus zu arbeiten.

Gudrun schien meine Gedanken lesen zu können. »Du musst ein bisschen Geduld haben, Nora. Uns wird bestimmt auch eine originelle Lösung für deine schwierige Lage einfallen.« Sie zwinkerte Mausi und mir belustigt zu.

»Ich weiß nicht, ob ich diese Woche noch mal weg kann. Mein Mann hat heute seinen Kartenabend, das heißt, er kommt nicht vor Mitternacht heim. Aber er tarockiert nur einmal im Monat ...«, sagte die Kleine zaghaft.

»Keine Angst, wir werden schon einen gemeinsamen Termin finden«, beruhigte Gudrun sie.

Wir versuchten nun, uns auf Maries Leidensgeschichte zu konzentrieren.

Sie hatte Angst vor dem Alleinsein, Angst, die zwei minderjährigen Mädchen allein großzuziehen. Außerdem hatte sie Angst, dass sich ihr Mann demnächst an ihre Töchter ranmachen würde. »Die Ältere ist vierzehn und die Kleine wird bald zwölf und ist schon

ziemlich gut entwickelt, wenn ihr versteht, was ich meine.«
Betretenes Schweigen.
»Er steht auf junge Mädchen«, fuhr sie fort. »Spricht andauernd von frischem Blut und benimmt sich seinen Töchtern gegenüber nicht gerade wie ein Vater. Der Großen macht er oft Komplimente wegen ihres schönen Busens und tätschelt bei jeder Gelegenheit ihren Hintern. Auch die Kleine lässt er nicht in Frieden. Vor ein paar Monaten bin ich eines Abends etwas früher als gewöhnlich nach Hause gekommen. Eine Kundin hatte mir buchstäblich in letzter Minute abgesagt. Als Heilmasseurin mache ich vor allem Hausbesuche …«
Dieses Mal erfolgte Gudruns Protest zu spät.
»Entschuldigt. Ich weiß, ich hätte das nicht sagen sollen. Ich bin eigentlich keine echte Masseuse. Habe so eine Art Schnellkurs gemacht, um mir nebenbei ein bisschen Taschengeld verdienen zu können. Mein Mann hält mich unheimlich knapp. Mit meinem Haushaltsgeld schaffe ich es gerade über die Runden zu kommen. Wenn die Mädchen mal extra was für die Schule oder zum Anziehen brauchen, müssen sie es ihrem Vater regelrecht abschmusen, pardon, abschmeicheln, wollte ich sagen …«
»Ich glaube, du wolltest uns eine ganz bestimmte Geschichte erzählen«, unterbrach Gudrun freundlich, aber bestimmt, Maries Redefluss.
»Das stimmt. Ich komme immer vom Hundertsten ins Tausendste, das kritisiert auch mein Mann oft an mir. Aber in meinem Kopf herrscht so ein Durcheinander. Ich weiß gar nicht, wo ich anfangen soll …«
»Du wolltest uns von deiner jüngeren Tochter erzählen«, warf Gudrun ein.

»Ach ja, ich bin also an jenem Freitagabend früher heimgekommen als sonst. Sie haben mich anscheinend nicht gehört oder es war ihnen egal. Jedenfalls habe ich die Kleine dabei erwischt, wie sie splitternackt vor meinem Alten herumgehüpft ist, während er sich irgendeinen Soft-Porno im Fernsehen angesehen hat. Sie hat dabei ihre Hüften und ihren Popo wie eine dieser Striptease-Tänzerinnnen bewegt. Glaubt mir, es war überhaupt nicht komisch. Es war ganz schrecklich für mich. Als sie mich gesehen hat, ist sie rot geworden, hat sich rasch ihre Sachen geschnappt und ist im Kinderzimmer verschwunden.«
»Und was hast du gemacht? Hast du mit ihr über diese unanständige Vorstellung geredet«, fragte Mausi.
»Nein, natürlich nicht. Ich hab die Kleine nicht noch mehr in Verlegenheit bringen wollen. Außerdem hab ich ja das Abendessen vorbereiten müssen. Mein Mann besteht darauf, täglich abends warm zu essen. Im Amt haben sie eine halbe Stunde Mittagspause und da holt er sich meistens einen Döner oder eine Pizzaschnitte. Deshalb will er halt wenigstens abends anständig essen, Suppe, Hauptspeise und vor allem einen üppigen Nachtisch. Palatschinken oder Mohnstrudel, irgendwas in der Art. Er ist inzwischen schwer übergewichtig. Daran gibt er natürlich auch mir die Schuld …«
»Hat er bereits gesundheitliche Probleme?«, fragte Gudrun in nüchternem Ton.
»Oh ja. Bluthochdruck und ein bisschen Zucker.«
»Aber nicht lebensgefährlich?«, scherzte Gudrun.
»Nein, nicht wirklich«, sagte Marie. »Allerdings trinkt er zu viel. Bei der letzten Untersuchung hat der Betriebsarzt erhöhte Leberwerte festgestellt.«
Der Gesundheitszustand dieses Mannes interessierte

mich nun wirklich nicht. »Ein Vater, der sich mit seiner minderjährigen Tochter einen Porno anschaut, das darf einfach nicht wahr sein«, empörte ich mich.

»Es war kein richtiger Porno, nur so eine Art Erotikthriller«, sagte Marie schuldbewusst. »Und natürlich habe ich ihn nach dem Abendessen gefragt, warum die Kleine nackt vor ihm herumgehopst ist.«

»Und?«, fragte ich gespannt.

»Er hat behauptet, sie hätte mit ihm Fernsehen geschaut und halt einfach die Bewegungen der Hauptdarstellerin nachgemacht. Später hat er mich dann beschimpft, weil die Kinder seiner Meinung nach zu viel Fernsehen dürfen. Meine Erziehung wäre das Letzte, ich würde ihnen alles durchgehen lassen und so weiter, bis mir zu meiner Verteidigung nichts mehr eingefallen ist und ich weinend ins Bett gegangen bin.«

»So geht's mir auch andauernd. Mein Alter redet mich jedes Mal nieder. Egal, um welches Thema es sich handelt. Er weiß alles besser, kann alles besser, macht alles besser. Es ist echt zum Kotzen! Ich kann dich gut verstehen.« Mausi tätschelte Marie, die bei ihren letzten Worten zu heulen begonnen hatte, liebevoll die Hand.

»Würde dein Mann in eine Scheidung einwilligen oder nicht«, unterbrach Gudrun nun energisch diese rührselige Szene.

»Ich glaube schon«, schluchzte Marie. »Er sagt oft, dass er mich loswerden will. Ich bin ihm zu fett, er kann den Anblick meines Pferdearsches nicht mehr ertragen … Seit einiger Zeit schläft er im Wohnzimmer oder drinnen bei den Kindern …«

»Entschuldige, Marie, erspar uns bitte weitere Details. Dein Mann ist womöglich ein Päderast, ein Krimineller. Zeig ihn an. Nimm dir eine gute Anwältin. Ich

kann dir ein paar Adressen geben. Wie lange willst du noch unter seinen Demütigungen leiden und ihm deine Töchter ausliefern? Als Beamter verdient er nicht schlecht. Finanziell hat er keine Chance. Er wird für dich und die Kinder zahlen müssen. Und du hast gesagt, dass du dir nebenbei etwas dazuverdienen kannst. Worauf willst du also warten?«, fragte Gudrun.
»Ich liebe ihn noch immer. Versteht ihr das denn nicht? Außerdem will er das Sorgerecht für die Mädchen und behauptet, dass er es auch kriegen würde, weil ich unfähig wäre, die Kinder anständig zu erziehen. Ich war mal ein paar Wochen in der Psychiatrie. Am Steinhof. Wegen Depressionen. Er wird mich als Geisteskranke, als Irre abstempeln. Und vergesst nicht, er ist ein angesehener Finanzbeamter, ein Steuerfahnder ...«
Ihre Stimme war nahe daran zu kippen. Die Tränen liefen nun in Sturzbächen über ihre feisten Wangen. Verzweifelt kramte sie in ihrer Handtasche.
Ich reichte ihr ein Papiertaschentuch, weil ich dachte, sie hätte danach gesucht. Doch sie ignorierte das Taschentuch und hielt uns ihr geöffnetes Portemonnaie hin. Deutete auf ein unscharfes Foto von zwei hübschen kleinen Mädchen und einem dicklichen, eher unscheinbaren Mann, der seine Arme um die Kleinen geschlungen hatte.
»Seht ihn euch an«, schluchzte sie. »Gegen ihn komme ich nicht an. Ich habe nicht die geringste Chance.«
»Schweinekerl«, lautete Mausis Urteil, nachdem sie einen kurzen Blick auf das Foto geworfen hatte.
»Bitte, beruhige dich, liebe Marie. Hör auf Gudrun. Mit Hilfe einer guten Anwältin wird es dir sicher gelingen, das Sorgerecht für deine Kinder zu bekommen«, sagte ich.

Der Kerl sah keineswegs aus wie ein gefährliches Monster, er wirkte auf mich wie ein ganz normaler Mann. Aber genau die sind oft die gefährlichsten, überlegte ich, bevor ich weiter auf Marie einredete: »Wegen der Einsamkeit und Leere nach der Scheidung brauchst du dir keine Sorgen zu machen. Die Einsamkeit ist dir doch vertraut. Man fühlt sich nie einsamer als in Gesellschaft eines Mannes, der einen nicht mehr liebt. Ich weiß, wovon ich spreche. Außerdem bist du eine attraktive Frau in den besten Jahren. Du hast durchaus noch Chancen auf dem Heiratsmarkt.«

Marie, die wahrscheinlich einige Jährchen jünger war als ich, strahlte mich freudig an.

»Meinst du das ehrlich?«, fragte sie.

Ich hatte nicht gelogen. Momentan ähnelte sie zwar einer fetten, alten Matrone, aber mit ein bisschen Fantasie konnte ich mir vorstellen, dass sie, wenn sie nicht so unglücklich und verzweifelt wäre, durchaus hübsch aussehen könnte. Sie hatte ein freundliches Puppengesicht, schöne blaue Augen, eine kleine, zarte Nase und einen lieblichen Schmollmund. Mit etwas modischerer Kleidung könnte sie glatt als Sexbombe durchgehen. In Wien laufen genügend Männer herum, die im Bett gern was in der Hand haben. Außerdem finden diese armen, doofen Frauchen sowieso immer einen Beschützer oder besser gesagt einen von diesen gestörten Typen, die sich von ihnen liebend gern verwöhnen und bemuttern lassen.

»Ich möchte nie mehr einen Mann«, sagte Mausi trotzig.

»Wir reden jetzt über Maries Problem«, ermahnte Gudrun sie. »Was würdest du ihr raten?«

Mausi schnäuzte sich und sagte dann ganz ruhig und

gelassen: »An Maries Stelle hätte ich ihm längst Rattengift in seinen geliebten Nachtisch getan.«
»Und würdest die nächsten zwanzig Jahre im Knast verbringen«, sagte Gudrun.
»Schlimmer als jetzt kann ein Leben im Gefängnis nicht sein. Dort gibt es auch Fernsehen und Zeitschriften...«
»Wenn du schon jemanden umbringen willst, dann mach es wenigstens so, dass dich keiner verdächtigt«, sagte ich.
»Marie könnte ja einen Killer engagieren«, warf Mausi ein.
»Du siehst anscheinend zu viel fern«, beendete Gudrun unsere kindische Diskussion. Der forschende Blick, den sie mir nach meinem Einwurf zugeworfen hatte, war mir nicht entgangen.
Nachdem sich Marie etwas beruhigt hatte, sagte Gudrun: »Ich denke, es reicht für heute. Marie, ist es dir recht, wenn du uns als Erste verlässt?«
»Oh mein Gott, ich sollte längst zu Hause sein.« Marie blickte auf ihre Armbanduhr. »Das wird heute Abend wieder ein Theater geben.«
»Sag einfach, du hättest eine zusätzliche Kundin gehabt«, empfahl ich ihr leicht gereizt.
Dann verabschiedeten wir uns alle drei sehr herzlich von ihr und wünschten ihr viel Glück.
Während Gudrun eine zweite Kanne Tee aufbrühte, ging ich auf die Toilette.
Nachdenklich betrachtete ich mein müdes Gesicht dort im Spiegel. Mein Fünfzigster näherte sich bedrohlich. Meine Haut war welk und teigig. Die Schminke von heute früh hatte den langen Arbeitstag nicht überstanden. Die Augen waren leicht gerötet, die Lippen rau und gesprungen. Das strähnige, aschblon-

de Haar hing schlaff auf meine Schultern herab. Es schrie förmlich nach einem neuen Schnitt und ein bisschen Farbe. Meine Figur war zum Glück noch intakt. Ich war ein sportlicher Typ, immer in Bewegung. Von hinten sah ich fast aus wie eine 30-Jährige.
Ich zog meine Lippen nach, verschmierte ein bisschen Lippenstift auf meinen fahlen Wangen und tuschte mir rasch die Wimpern.
Gudrun und Mausi schienen sich blendend zu unterhalten. Sie lachten laut, als ich zurückkam.
»Wir sprachen gerade über Marie. Sie wird ihren Mann nicht rauswerfen«, sagte Gudrun. »Sie braucht dringend unsere Hilfe.«
Ich fragte mich, was an Maries kaputter Ehe so lustig war. »Wer weiß«, sagte ich. »Sie liebt ihre Töchter. Vielleicht wird sie diesen ekelhaften Kerl ihnen zuliebe doch irgendwann in die Wüste schicken.«
»Ja, ja, irgendwann, wenn es längst zu spät ist ...«, schnaufte Mausi empört. »Vielleicht sollte ich ihn für sie umbringen.«
»Darüber reden wir das nächste Mal. Werd erst einmal wieder gesund«, sagte Gudrun. »Ich schlage vor, dass wir uns in einer Woche wieder hier treffen.«
Ich nahm meinen Terminkalender zur Hand. Am nächsten Freitag hatte ich Nachtdienst, also würde ich am Samstag schon vormittags kommen können. Dieser Termin war allerdings wegen Mausis Mann, der samstags nicht arbeitete, ungünstig. Plötzlich hatte die Kleine aber eine Idee. »Ich muss dringend zum Zahnarzt. Und der ordiniert auch an Samstagen. Mein Mann lässt mich zwar normalerweise nirgends allein hingehen, er begleitet mich sogar zum Gynäkologen, aber vor Zahnärzten hat er eine Heidenangst. Da ist er noch nie mitgekommen. Und selbst wenn er mich bis

zur Haustür begleiten sollte, irgendwie werde ich ihm schon entwischen.« Ihre Wangen hatten sich vor Aufregung gerötet. Sie wirkte auf einmal viel selbstbewusster und beinahe fröhlich.
»Eine wunderbare Idee, liebe Alice. Also sagen wir Samstag, zehn Uhr. Solltest du nicht rechtzeitig aus dem Dienst kommen und dich etwas verspäten, Nora, fangen wir einfach schon an. Ist das okay für euch beide?«
Wir nickten einvernehmlich.
Mausi war anzumerken, dass sie uns ungern verließ. Gudrun komplimentierte sie mehr oder weniger zur Tür hinaus.
Dann tranken wir schweigend unseren Tee aus.
Auch für mich wurde es langsam Zeit aufzubrechen. Mir stand morgen wieder ein harter Tag im Spital bevor. »Morgen früh habe ich Dienst auf der Intensivstation«, sagte ich zu Gudrun. »Diese Dienste sind absolut das Schlimmste für mich. Fast jedes Mal muss ich einen Patienten ins Jenseits befördern, irgendein lebenserhaltendes Gerät abdrehen, mit den Angehörigen reden, einen Totenschein ausstellen …«
Während ich meinen trüben Gedanken nachhing, nahm Gudrun den Aschenbecher, stellte ihn neben das Geschirr auf ein Tablett und verließ damit den Raum. Als sie zurückkam, schaute sie mir lange in die Augen.
»Vielleicht gibt es ein Recht, wonach wir einem anderen das Leben nehmen dürfen. Das behauptet zumindest Nietzsche«, sagte sie plötzlich.
»In einem völlig anderen Zusammenhang, soviel ich weiß«, erwiderte ich.
»Sterben ist unheimlich schwer. Ich habe stets ge-

dacht, dass es das Vorrecht der Toten wäre, nicht mehr sterben zu müssen.«

»Meine erste Pflicht als Ärztin ist, Leben zu retten, den Kranken Hoffnung zu geben«, sagte ich ziemlich großspurig.

»Die Hoffnung ist das Übelste der Übel, weil sie die Qual der Menschen verlängert … ich zitiere nur.«

Obwohl ich ähnlich dachte wie sie, wunderte ich mich. Seit wann lasen Feministinnen die Schriften von Friedrich Nietzsche und zitierten ihn auch noch? Dass Gudrun eine radikale Feministin war, stand für mich außer Frage.

2.

Am nächsten Samstagmorgen kam ich natürlich nicht rechtzeitig weg. Bei der Morgenbesprechung kritisierte der erste Oberarzt, dass ich die Patientendaten nicht ordentlich in den Computer eingegeben hätte. Ich kam mit dem neuen Programm nicht zurecht. Keiner hatte mich richtig eingewiesen. Ich pfuschte also mehr oder weniger herum. Da mangelhafte Eintragungen am PC sicher kein Kündigungsgrund waren und außerdem sowieso ein Mangel an Anästhesisten im AKH herrschte – ein Kollege hatte sich im November umgebracht, ein anderer war gerade auf Alkohol-Entzug in Kalksburg —, beschloss ich, nach einigen missglückten Versuchen, die Daten zu korrigieren, die Kritik meines Oberarztes zu ignorieren und bestellte mir ein Taxi.

Stau auf dem Gürtel, Stau auf der Zweierlinie, Stau entlang des Naschmarkts auf der linken Wienzeile. Zu Fuß würde ich schneller vorankommen.

Ich verließ das Taxi vor dem Theater an der Wien und kämpfte mich durch die Menschenmassen.

Samstag war Großkampftag am Naschmarkt. Alles, was sich in Wien für prominent hielt, trieb sich hier in den Vormittagsstunden herum. Ich hatte nie verstanden, was all diese Schönen und Reichen daran fanden, herumgeschubst, angegafft oder gar angegrabscht zu werden. Vor allem die linksliberale Schickeria liebte dieses Pseudo-Multikulti-Milieu. Die Geräuschkulisse aus Türkisch, Arabisch und Serbokroatisch vermittelte ihnen wahrscheinlich das Gefühl tolerant, fortschrittlich und in einer Metropole unterwegs zu sein. An den meisten Standeln wurde man beschissen. Wenn man ein halbes Kilo Tomaten verlangte, bekam man ein Kilo zum Super-Sonderpreis, und davon war dann mindestens ein halbes Kilo verfault. Wahrscheinlich kauften all diese Schicki-Mickis ohnehin nicht am Naschmarkt ein, sondern zeigten sich nur in den schmuddeligen Cafés und exotischen Restaurants. Mir grauste schon bei dem Gedanken an die Zubereitung der fremdländischen Gerichte in den stinkenden, kleinen Küchen der schmutzigen Hütten. Ich weiß, wovon ich rede. Schließlich war ich, oder bin ich, besser gesagt, seit achtzehn Jahren mit einem Werbefritzen verheiratet. Auch wir haben früher so manchen Samstag auf Wiens berühmtestem Markt verbracht.
Ob Gudrun normalerweise die Samstagvormittage hier verbummelte? Was ihre Kleidung betraf, konnte sie mit der üblichen Naschmarkt-Klientel durchaus mithalten. Der Hosenanzug, den sie bei unserem ersten Treffen getragen hatte, stammte bestimmt von Jil Sander oder vielleicht gar von Yamamoto? Und ihre todschicke Brille, die sie an einem dezenten Silberkettchen um den Hals getragen, aber kaum benutzt hatte, war zumindest von Christian Dior.
War es purer Neid oder hatte ich etwa gar Aggressio-

nen gegen diese Frau? Während ich wohlweislich den Trampelpfad über das Marktgelände mied und den Gehsteig entlanglief, wurde mir bewusst, dass ich weder diese Frau wiedersehen, noch mir ein zweites Mal die Lebensgeschichte der verschnupften Mausi anhören wollte. Was hatte ich in dieser ominösen Beratungsstelle verloren? Welche Art von Unterstützung erhoffte ich mir von den Frauen? Sollte ich nicht lieber am Naschmarkt ein halbes Kilo verfaulte Schwammerl kaufen und meinem ach so geliebten Noch-Ehemann mit einem stark gewürzten Schwammerlgulasch einen heftigen Durchfall bescheren?
Als der Flohmarkt in Sicht kam, verlangsamte ich meinen Schritt. Ich war total außer Atem. Trotz oder wegen meiner vielen Nachtdienste mangelte es mir an Kondition.
Den Flohmarkt mied ich schon lange. Es gab dort ohnehin keine wirklichen Schnäppchen mehr. Entweder zahlte man weit überhöhte Preise für sogenannte Antiquitäten oder man musste sich mit mottenzerfressenen Fetzen oder nicht funktionierendem elektrischen Kleinkram, den vor allem ausländische Händler anboten, zufrieden geben. Die Männer der Städtischen Müllabfuhr waren nicht zu beneiden. Nach 18 Uhr würde es hier wieder aussehen wie nach einem Bombenanschlag.
Meine Wohnung lag im 9. Bezirk, in einer eher ruhigen Straße, unweit des AKHs. Ich durfte gar nicht an mein Schmuckstück im sechsten Stock mit Blick über die Dächer von Wien denken, da mir sofort wieder bewusst wurde, dass ich diese Eigentumswohnung demnächst wegen meines angeblich völlig verarmten Ehemanns würde verkaufen müssen.
Ich hatte ihn nie geliebt. Geheiratet hatte ich ihn nur,

weil er gut im Bett war und ich mit dreißig Torschlusspanik gehabt hatte. Ich hatte ihn auch nie bewundert, so wie zum Beispiel meinen Vater. Im Gegenteil, bald nach der Hochzeit begann ich, ihn zu verachten, weil er so ein Weichei war, sich geschäftlich dauernd über den Tisch ziehen ließ, es nicht schaffte, in der Werbebranche wirklich Fuß zu fassen. Außer im Bett war er total unmännlich. Zugegeben, er ist nicht dumm. Er besitzt so etwas wie Bauernschläue, die er aber eher für windige Geschäfte und kleine Betrügereien nutzt. Ehrliche Arbeit war nie sein Ding.

In langjähriger, liebevoller Kleinarbeit hatte ich Zimmer für Zimmer in unserer gemeinsamen Wohnung renoviert. Nicht ohne Stolz kann ich von mir behaupten, eine sehr geschickte Handwerkerin zu sein. Mein Mann hatte bei all diesen Arbeiten kaum einen Finger gerührt. Er war schon damals lieber in den schicken Bars der Innenstadt auf Kundenfang unterwegs gewesen.

Vielleicht wäre alles anders gekommen, wenn wir ein Kind gehabt hätten. Er hatte immer wieder betont, dass er keine Kinder haben wollte. Also schluckte ich brav die Pille, obwohl ich, vor allem als mein Vierzigster näher rückte, sehr gern ein Baby bekommen hätte. Ich setzte damals sogar heimlich die Pille ab. Da wir aber kaum mehr miteinander schliefen, waren meine Chancen, schwanger zu werden, fast gleich Null. Nun wird er im fortgeschrittenen Alter von 49 noch Papa. Ein Nacht für Nacht plärrender Säugling wird ihm sicher gut tun! Während ich mir seine schlaflosen Nächte ausmalte, hatte ich bereits die Schräge zum Eingang von Haus Nr. 46 erreicht.

Ich stolperte über jede Menge Schachteln und Plastikmüll, die der Wind vom Flohmarkt heruntergefegt hatte. Wie konnte Gudrun es bloß in so einem Haus aushalten? Wahrscheinlich hatte sie hier nur ihre Praxis und wohnte in einer hübschen, sauberen Gegend, vielleicht gar in Hietzing oder in Döbling? Bestimmt wohnte sie allein. Gudrun hatte sicher kein nervendes Mannsbild zu Hause herumsitzen.

Ich will auch nie mehr einen Mann, dachte ich. Mit diesem Vorsatz drückte ich energisch auf die Klingel neben der Tür im ersten Stock. Ich war um eineinhalb Stunden zu spät.

Dieses Mal erwarteten mich keine ängstlichen Augenpaare im Vorraum. Sobald ich die Praxis betreten hatte, öffnete Gudrun die Flügeltür. Sie trug ein taubengraues Seidenensemble, das bestimmt ein Monatsgehalt von mir gekostet hatte.

Mausi saß auf der grünen Couch und winkte mir freudig zu.

Auf dem extravaganten Couchtisch standen eine Flasche Dom Perignon, Schüsselchen mit exotischen Nüsschen und der große venezianische Aschenbecher.

»Wir haben schon ohne dich angefangen«, sagte Mausi kichernd. Anscheinend war sie nicht an Champagner gewöhnt. Ihr Glas war fast leer.

»Entschuldigt bitte meine Verspätung. Unser erster Oberarzt hat heute wieder einmal seinen ganzen Frust an mir ausgelassen.«

Ich zündete mir eine Zigarette an, bot auch Mausi, die ihre Erkältung offensichtlich losgeworden war, eine an.

Sie schüttelte den Kopf. »Später«, sagte sie. »Zuerst muss ich dir von meinem Plan erzählen.«

»Lass sie erst einmal verschnaufen«, warf Gudrun ein und füllte, ohne mich zu fragen, mein Glas.

»Warum ist Marie nicht gekommen?«, fragte ich.
»Marie ist eine typische Opferfrau. Gespräche helfen ihr nicht. Sie benötigt von euch allen am meisten Unterstützung. Ich denke, das weißt du. Du hast beim letzten Treffen Mitleid mit ihr gehabt. Das habe ich dir angemerkt.«
Du irrst dich, liebe Gudrun. In meiner momentanen Situation kann ich mir kein Mitleid mit armen, schwachen Frauen leisten, dachte ich, sprach es aber nicht aus. Sollte sie von mir denken, was sie wollte.
»Prost! Auf unsere Zusammenarbeit«, sagte Mausi kichernd.
Ich stieß mit den beiden an, obwohl mir nicht klar war, worin unsere Zusammenarbeit bestehen sollte, außer in einer weiteren langen Diskussion über Mausis und meine aktuellen Schwierigkeiten mit unseren Ehemännern.
»Liebst du deinen Mann noch?«, fragte mich Gudrun, kaum hatte ich das Glas wieder auf den Tisch gestellt. Die Frage traf mich völlig unvorbereitet. Ohne lange nachzudenken, schüttelte ich den Kopf.
»Wärst du manchmal froh, wenn er tot wäre?«
»Natürlich«, sagte ich lachend. »Dann wäre ich alle meine Probleme los.«
»Genau darüber haben Alice und ich gerade gesprochen. Auch in ihrem Fall gibt es nur eine Lösung: Ihr Mann muss sterben.«
»Es stirbt sich nicht so leicht«, sagte ich und dachte an die technische Ausrüstung auf meiner Intensivstation im AKH.
»Viele Leute sterben bei Unfällen«, warf Gudrun ein.
»Natürlich. Unfallopfer sind mein tägliches Brot.«
»Hast du eine Ahnung, wie viele dieser Unfälle ei-

gentlich nichts anderes als sorgfältig geplante Morde sind?«
Ich grinste die beiden an. »Viele, glaube ich.«
»Vor allem Autounfälle«, warf Mausi ein.
»Tatsächlich?« Ich sagte es fast provokativ und sah sie forschend an.
Sie zuckte mit keiner Wimper.
»Nehmen wir mal rein hypothetisch an, dein Mann würde bei einem Unfall ums Leben kommen, würdest du dann Fragen stellen, die Kripo alarmieren oder würdest du nicht einfach froh und dankbar sein, dass es das Schicksal so gut mit dir gemeint hat?«, fragte Mausi. Oder sollte ich sie nun doch lieber Alice nennen?
Sie sah mir in die Augen. Wartete offensichtlich neugierig auf meine Reaktion.
»Gegen Unfälle ist nichts einzuwenden«, sagte ich vage. Und fügte hinzu: »Solange der Christopherus-Hubschrauber die Opfer nicht auf meine Station bringt.«
»Betreibt dein Mann irgendeinen Sport? Fährt er gerne Rad, geht er regelmäßig Schwimmen oder Skaten oder Joggen?«, fragte Alice weiter.
»Er trainiert eifrig für den Wien-Marathon, hat halt eine typische Midlife-Crisis, muss sich täglich seine Männlichkeit beweisen«, sagte ich spöttisch. »Eine schweißtreibende und äußerst ungesunde Angelegenheit. Leider hat er eine ziemlich gute Konstitution.«
»Und wo trainiert er?«
»Auf der Prater Hauptallee, in Schönbrunn, manchmal auch auf der Ringstraße oder auf den Ausfahrtsstraßen, auf der linken Wienzeile zum Beispiel, also direkt hier am Haus vorbei. Hin und wieder, vor allem

sonntags, rennt er sogar auf der Höhenstraße. Einmal den Kahlenberg rauf und wieder runter.«
Alice grinste Gudrun triumphierend an.
»Ihr spinnt! Wenn ich ihn überfahre, bin ich nach spätestens 24 Stunden in Haft. So einfach geht das nicht.«
»Natürlich nicht.« Gudrun setzte ihre tolle Designerbrille auf und sah mich tadelnd an.
»Wärst du ihn gern los oder nicht? Wir sprechen hier ja nur unsere geheimsten Wünsche aus.«
»Glaubt ihr denn, ich habe mir noch nie überlegt, wie ich dieses Scheusal beseitigen könnte? Aber ich tauge nicht zur Mörderin, ich schaffe es nicht, einen gesunden Menschen ins Jenseits zu befördern. Und schon gar nicht meinen eigenen Mann. Nicht weil ich ihn liebe, sondern weil ich weiß, dass der Verdacht sofort auf mich fallen würde.«
»Genau darum geht es, Frau Doktor«, sagte Alice und grinste mich unverschämt an.
»Sie hat recht«, beantwortete Gudrun meinen fragenden Blick. Ließ sich aber nicht weiter darüber aus.
»Wenn jemand anderer deinen Mann beim Joggen überfahren würde und du genau zu dieser Zeit im Krankenhaus oder bei Freunden wärst, also ein hieb- und stichfestes Alibi hättest, würde der Verdacht niemals auf dich fallen«, sagte Alice.
»Du siehst zu viel fern«, wiederholte ich Gudruns Worte vom letzten Mal.
»Tut sie eindeutig. Aber die Idee ist trotzdem nicht schlecht«, sagte Gudrun.
»Und wie geht es dann weiter?« Ich versuchte mitzuspielen.
»Irgendwer kümmert sich dann um meinen Alten. Es ist mir völlig egal, wie sie ihn beiseite schaffen wird.

Hauptsache, sie macht es.« Alice Augen hinter den dicken Brillengläsern funkelten böse.
»Und ich? Welche Rolle in diesem Schauermärchen habt ihr mir zugedacht?«, herrschte ich diese beiden anscheinend völlig durchgeknallten Frauen an.
»Keine Ahnung«, sagte Alice achselzuckend. »Und darüber will ich auch nichts wissen. Wenn der Zeitpunkt gekommen ist, wirst du es sicher merken. Und jetzt muss ich leider gehen. Mein Herr und Gebieter wartet voll Ungeduld und Mitgefühl, wie ich hoffe, auf mich bei der *Nordsee* am Naschmarkt. Er denkt, dass ich bei meinem Zahnarzt dort drüben meine Sünden abbüße.« Sie deutete auf das benachbarte Jugendstilgebäude. »Überleg dir mein Angebot, liebe Nora, und gib Gudrun bald Bescheid. Entweder du sagst ihr, wo und wann ich deinen Alten mit einem unserer Fahrschulautos abschießen kann, oder du bist aus dem Spiel.«
»Die Polizei würde den Wagen bestimmt ausfindig machen«, sagte ich genervt.
»Wie denn? Wir haben einen riesigen Fuhrpark und eine eigene Werkstatt. Ich kenne mich mit Autos aus. Kann sie sogar eigenhändig reparieren. Diese blöden Fahrschüler machen andauernd Dellen in unsere Wagen. Hab keine Angst, Frau Doktor. Selbst wenn sie mich erwischen sollten, werden sie mir höchstens Fahrerflucht anhängen können. Und ich habe euch doch letztes Mal schon gesagt, dass mir ein Gefängnisaufenthalt, verglichen mit meinem Eheleben, wie ein Erholungsurlaub vorkommen würde.«
Alice nahm einen letzten Schluck aus der Champagnerflasche und knallte sie dann auf den Tisch. »Zeig ihr dein Archiv, vor allem den Katalog und die Artikel an der Pinnwand«, sagte sie zu Gudrun.

»Was für ein Archiv?«, fragte ich verwirrt.
»Hast du zufällig ein Foto von deinem Alten bei dir?«, beantwortete sie meine Frage mit einer Gegenfrage.
Ich schüttelte den Kopf.
»Damit ich nicht den Falschen überfahre. Womöglich rennen noch einige andere Idioten am Kahlenberg herum.«
Ich bekam eine Gänsehaut, als Gudrun mit ihrer ruhigen, wohlklingenden Stimme sagte: »Um solche Details braucht ihr euch nicht zu kümmern. Dafür bin ich zuständig.«
Womöglich hat sie bereits aktuelle Fotos der vermeintlichen Todeskandidaten in diesem mysteriösen Archiv, dachte ich entsetzt.
»Ihr Akademikerinnen denkt zu viel. Entscheide doch mal spontan, einfach aus dem Bauch heraus. Du wirst es sicher nicht bereuen«, rief Alice mir zu, als sie schon bei der Tür stand.
»Auf Wiedersehen, ihr beiden Hübschen.« Und schon war sie verschwunden.
Da Gudrun beharrlich schwieg, sagte ich nach einer Weile: »Alice ist nicht wiederzuerkennen. Was hast du mit ihr angestellt?«
»Nichts. Bloß geredet. Alles, was sie gesagt hat, ist im Grunde auf ihrem eigenen Mist gewachsen. Sie sieht wirklich zu viel fern. Außerdem liebt sie Krimis. Den alten Hitchcock-Film *Zwei Fremde im Zug* hat sie gleich mehrmals gesehen. Und der Film, übrigens nach einem Buch von Patricia Highsmith, hat sie angeblich auf diese verrückte Idee gebracht. Aber vielleicht ist diese Idee gar nicht so verrückt, wie du glaubst.«
»Und welche Rolle soll ich in diesem Krimi spielen?«, fragte ich sie noch einmal ganz direkt.

te, ihn rauszuschmeißen, sowohl sie als auch die beiden Kinder umgebracht.

Gudrun schlug vor, dass wir eine Kleinigkeit essen sollten. »Ich werde uns einen Griechischen Salat machen«, sagte sie. »Ich war heute schon in aller Herrgottsfrüh am Naschmarkt. In den Morgenstunden ist es dort erträglich. Die Händler nehmen sich Zeit, plaudern sogar mit dir, und du bekommst garantiert frisches Zeug.«

Sie verließ das Büro und kam gleich darauf mit meinen Zigaretten zurück.

»Falls du jetzt ein Beruhigungszigarettchen benötigen solltest«, scherzte sie. »Wenn du Lust hast, kannst du dir einstweilen die Zeitungsartikel an der Pinnwand durchlesen. Vielleicht findest du sie inspirierend!«

»Danke«, murmelte ich, zündete mir eine Zigarette an, stand tatsächlich auf und ging zur Pinnwand.

Kurze Artikel, meist ganz kleine Notizen über unaufgeklärte Todesfälle aus Boulevardzeitungen. Es ging um Autounfälle mit Fahrerflucht, Bergunfälle, Tod durch Ertrinken, Bootsunfälle auf der Donau. In den meisten Artikeln war davon die Rede, dass das Opfer kurz vor der Scheidung gestanden hätte, weshalb die Polizei auch anfänglich die jeweilige Ehefrau verdächtigt hatte. Anscheinend war aber in keinem dieser ungeklärten Todesfälle der Ehefrau ein Verbrechen nachzuweisen gewesen. Alle Frauen hatten immer hieb- und stichfeste Alibis gehabt. Über manche Unfälle gab es mehrere Artikel, manchmal sogar Hintergrundgeschichten.

Gudrun kam mit einem Tablett zurück, auf dem sich eine große Salatschüssel, zwei Teller, Besteck und Servietten befanden.

»Willst du hier essen oder lieber im anderen Zimmer?«, fragte sie.
»Hier bringe ich sicher keinen Bissen runter.« Ich deutete auf die Pinnwand.
Wir setzten uns an den großen Konferenztisch und widmeten uns schweigend dem köstlichen Salat. Ich langte auch beim türkischen Fladenbrot kräftig zu.
Plötzlich musste ich wieder an Alice denken.
»Ich fasse es nicht, dass sich jemand in einer Woche so total verändern kann«, murmelte ich.
»Du meinst Alice? Sie ist nicht dumm. Sie spielt gern, und wie du bemerkt hast, sehr erfolgreich, die kleine, graue Maus, vor allem für ihren Mann. Aber die Kleine ist tough. Wir können ihr vertrauen. Zwar hat ihr Mann tatsächlich versucht, sie nach seinen kranken Vorstellungen von einer idealen Frau zu formen, sie ständig belehrt, bevormundet und unterdrückt, und natürlich war er anfangs ihr geliebter und verehrter Lehrer. Sie war achtzehn, als sie ihn kennenlernte, und eine gehorsame Schülerin, hat sich wahrscheinlich bemüht, all seinen Erwartungen, Überzeugungen und Vorurteilen zu entsprechen. In der Psychologie bezeichnen wir dieses Phänomen übrigens auch als Rosenthal-Effekt. Rosenthal war ein amerikanischer Psychologe, der zahlreiche fragwürdige Studien zu dieser Lehrer-Schüler-Interaktion durchgeführt hat. Unsere liebe Alice widerlegt jedoch seine Ergebnisse.«
»Warum?«, fragte ich irritiert.
»Sie hat die Einschätzung ihrer Person durch diesen schulmeisterlichen Ehemann nicht kritiklos übernommen, sondern hat aufbegehrt, so gut sie eben konnte. Sie ist eine Rebellin. Bevor du gekommen bist, habe ich lange mit ihr geredet. Ihr Mann ist eine narzisstisch gestörte Persönlichkeit. Er hat, wie gesagt, von An-

fang an versucht, seine dubiosen Allmachtsfantasien an ihr auszuleben. Dieser Typ leidet unter schweren Minderwertigkeitskomplexen, und das hat sie bald durchschaut. Sie ist eine starke Frau. Und sie wird es mit unserer Hilfe schaffen, diesen Komplexler loszuwerden.«

»Mit deiner Hilfe«, betonte ich. »Lass mich aus dem Spiel!«

Ich war nicht ihre Marionette. Ich würde mich von dieser Frau nicht manipulieren lassen. Das stand für mich auch nach dem vierten Glas Champagner fest.

»Du wirst mich nur noch einmal wiedersehen«, sagte sie. »Nächsten Samstag am Naschmarkt, vor dem Stand mit den tollen Gewürzen, du weißt schon, gleich an der Kreuzung. Dort werde ich ab 11 Uhr auf dich warten. Falls du wirklich willst, dass dein Mann für immer und ewig von der Bildfläche verschwindet, dann gib mir Bescheid.«

Gudrun machte eine kleine Pause, bevor sie weitersprach: »Irgendwann werde ich dir eine Nachricht mit dem Namen eines Patienten zukommen lassen. Und du wirst tun, was zu tun ist.«

»Wovon sprichst du?«, fragte ich empört. »Ich werde nicht absichtlich töten. Schlag dir das aus dem Kopf.«

»Glaub mir, du wirst es tun«, sagte sie.

3.

In der verglasten U-Bahnstation beim AKH ging es zu wie im Advent auf der Mariahilferstraße. Ich kämpfte mich durch die drängelnde Menschenmenge. Gab Acht, nicht in Eisreste oder Erbrochenes zu treten. Die Station am Gürtel war ebenso zugemüllt wie die größte Einkaufsstraße Wiens.

Hin und wieder warf ich einen Blick zurück auf die

beiden monströsen Türme des Krankenhauses. Unwillkürlich fielen mir all die Politskandale rund um den Bau des AKHs damals in den 70er Jahren ein. Korruption ist eindeutig Männersache. So wie Mord, dachte ich.

Während ich die Rolltreppe hinuntereilte und mich über die sturen Provinzler und die präpotenten Jugendlichen ärgerte, die anscheinend noch nie etwas davon gehört hatten, dass man auf Rolltreppen rechts stehen und sich links bewegen sollte, versuchte ich diese lästigen Gedanken an Mord und Verbrechen zu verdrängen. Ich zwang mich dazu, an meine ersten Arbeitstage in der Notfallaufnahme des AKHs und auf der Intensivstation im siebten Stock zu denken: Obwohl gut beschildert, hatte ich mich auf den völlig identisch aussehenden Gängen oft verirrt. War sogar einige Male zu spät zur Morgenbesprechung erschienen. Typisch Frau, lautete das Urteil meiner männlichen Kollegen. »Die Arme muss doch Frühstück für Mann und Kind machen und das Kind dann in die Schule bringen ...«, verteidigte mich wahrscheinlich die eine oder andere Krankenschwester. Ich hatte kein Kind und mein Mann frühstückte längst mit seiner Geliebten.

Bald hatte ich aber den Trick raus. Ich prägte mir einfach die Kunstwerke ein, die in den endlos langen Gängen verstaubten. Kunst am Bau war unter der sozialdemokratischen Bruno-Kreisky-Regierung sehr gefördert worden und hatte vielen armen Künstlern zu einem Jahresverdienst verholfen. Gleich neben der Lifttür im siebten Stock hing ein neoexpressionistisches Gemälde, das den kleinen Tod, »la petite mort«, darstellte. Diese schöne, allerdings etwas gewöhnungsbedürftige Darstellung des Orgasmus hätte,

meinem Empfinden nach, besser zur psychiatrischen Abteilung gepasst. Neben dem Eingang zur Unfallchirurgie stand eine realistische, zwei Meter hohe Bronzefigur mit dem prosaischen Titel »Der Gebrochene«. Sie war nicht zu übersehen.
Nach dem heutigen Nachtdienst fühlte ich mich dem Zusammenbruch nahe. Wir hatten vier Notoperationen nach einer Massenkarambolage auf der S1, der gefährlichsten Straße Wiens, gehabt. Ich war dermaßen geschlaucht, dass ich einfach keine Kraft mehr hatte, meinem ausgeschlafenen und nach dem Joggen frisch geduschten Noch-Ehemann gegenüberzutreten und mit ihm eine Diskussion über unsere bevorstehende Scheidung zu führen. Seit einigen Tagen setzte er mir heftig zu, endlich einen Scheidungstermin zu beantragen. Wir hatten uns für heute Morgen in unserem früheren Stammcafé im neunten Bezirk verabredet.
Ich rief ihn auf dem Mobiltelefon an, um ihm abzusagen. Ich wusste ja nicht, ob er nach seinem 20-Kilometer-Lauf nach Hause oder zu seiner Liebsten Duschen gefahren war. Meistens kam er nach dem Laufen heim. Wahrscheinlich wollte er sich seiner Tussi nicht total verschwitzt präsentieren.
Schon nach dem ersten Klingeln hob er ab.
»Bist du endlich fertig mit deiner Scheiß-Arbeit? Ich warte schon seit einer Viertelstunde im *Segafredo* am Naschmarkt auf dich. Hast du unseren Termin vergessen?«
»Haben wir nicht ausgemacht, uns im *Café Stein* zu treffen?«, fragte ich leicht verunsichert.
»Vergiss es. Ich bin jetzt im *Segafredo*. Beeil dich, ich warte nicht ewig. Du wolltest unbedingt außer Haus ungestört mit mir reden. Im *Stein* kennt uns jeder.«

Anscheinend hatte er ausnahmsweise doch bei seiner Freundin geduscht, die im fünften Bezirk, unweit des Naschmarkts, in einer Garçonniere wohnte.
Ich zögerte. Gudrun fiel mir ein, die ebenfalls am Naschmarkt auf ein Okay von mir wartete. Schließlich betrachtete ich die Entscheidung meines Mannes als Wink des Schicksals und leistete mir zur Feier des Tages ein Taxi.
Mein Mann hatte nicht geduscht. In seinem nassen Nike-T-Shirt und mit seiner schlabbrigen Jogginghose sah er ziemlich unappetitlich aus. Sein Gesicht war ungesund gerötet und sein Bart mindestens drei Tage alt. Zum Glück hatte er einen Tisch im Freien erwischt. Seinen Schweißgeruch hätte ich heute nicht ertragen.
Wir begrüßten uns mit einem kurzen Nicken.
»Ich hätte gern einen doppelten Espresso und ein Tramenzini mit Schinken und Ei«, rief ich dem vorbeieilenden Kellner zu.
»Zu viel Cholesterin. Du wirst noch mal einen Herzinfarkt kriegen«, meckerte mein gesundheitsbewusster Mann.
»Das könnte dir doch nur recht sein«, konterte ich und bestellte mir auch noch ein Glas Prosecco.
»Außerdem trinkst du zu viel.«
»Ich weiß, mein Schatz«, sagte ich. »Aber nun sag endlich, warum ich unbedingt hierher kommen musste. Du weißt, dass ich den Naschmarkt nicht mag.«
»Auch ich möchte mal auf neutralem Boden mit dir reden«, fing er an. Verfiel aber sogleich wieder in Schweigen.
Wir ließen uns die milde Aprilsonne ins Gesicht scheinen und schwiegen uns an. Nach einer Weile begann er von der Zeit nach unserer Scheidung zu reden. Mal-

te sich genüsslich aus, wie viel ich im Monat für ihn und seine neue Familie zu zahlen hätte.
»Du spinnst, ich verdiene nicht einmal so viel, wie du glaubst, dass ich dir zahlen müsste«, sagte ich.
»Okay, wie viel kriegst du momentan wirklich? Inklusive Nachtdienste und Privathonorare, die dir dein Professor abgibt?«
»Das ist sehr unterschiedlich. Kommt eben darauf an, wie viele privatversicherte Patienten wir haben.«
»Denen sie alles rausschneiden, was rauszuschneiden ist«, scherzte mein Mann.
Ich ging nicht auf diesen blöden Witz ein. Fragte ihn, was er wirklich von mir wolle.
»Na, was denn wohl? Die Wohnung natürlich. Mit einem Baby können wir unmöglich in Gabis Einzimmerwohnung hausen«, sagte er grinsend. »Du könntest Gabis Garçonniere übernehmen. Als alleinstehende Frau brauchst du nicht mehr als dreißig Quadratmeter.«
»Spinnst du? Ich habe mich bereits damit abgefunden, dass ich dir und deiner Dulcinea fast die Hälfte meines Gehalts abgeben muss, aber die Wohnung behalte ich. Schließlich habe ich sie gekauft.«
»Schätzchen! Wovon sprichst du? Wir haben sie gemeinsam während unserer Ehe angeschafft. Leidest du etwa bereits unter Alzheimer?«
»Ich habe die Wohnung mit dem Erbe meiner Eltern bezahlt!«
»Na und? Deine Eltern haben mich geliebt. Ich war ein braver Schwiegersohn. Spaß beiseite. Die Wohnung gehört uns beiden. Wenn du sie mir nicht freiwillig überlässt, müssen wir sie halt verkaufen, und uns zukünftig beide mit einer kleineren Behausung begnügen.«

Am liebsten hätte ich ihm meinen Prosecco ins Gesicht geschüttet. Doch was hätte das gebracht? Das Gesetz war auf seiner Seite.
»Deinen primitiven Pfahlbau an der Donau kannst du auch gleich auf den Markt werfen. Und was den Wagen betrifft, er gehört ebenfalls zur Hälfte mir. Vergiss das nicht.«
Auf meinen Audi konnte ich verzichten. Ich fuhr in Wien ohnehin selten Auto. Benutzte den Wagen höchstens, um am Wochenende in mein kleines Paradies am großen Fluss zu kommen. Mein Wochenendhäuschen im Überschwemmungsgebiet der Donau würde ich jedoch niemals hergeben.
»Lass uns das Thema wechseln. Wir besprechen diese Fragen besser mit unseren Anwälten«, sagte ich freundlich. »Wie geht's dir eigentlich mit dem Training?«
Mein Mann wollte unbedingt einmal beim Wiener Frühjahrs-Marathon mitmachen, hatte es aber bisher nie geschafft.
»Dieses Mal bin ich dabei, mach dir deshalb keine Sorgen.« Er wirkte verstimmt und leicht irritiert. Normalerweise zeigte ich nicht das geringste Interesse an seinen sportlichen Ambitionen. »Ich laufe täglich mindestens zwanzig Kilometer«, sagte er gereizt.
»Schläfst du heute zu Hause? Ich frage, weil ich wissen sollte, ob du morgen vor dem Laufen ein Frühstück möchtest«, sagte ich scheinheilig.
»Leck mich«, fauchte er. Schon seit Monaten hatte er kein Frühstück mehr von mir serviert bekommen.
»Im Ernst«, sagte ich grinsend, »wann willst du morgen los?«
»Was geht dich das an? Außerdem werde ich morgen

auf dem Kahlenberg trainieren. Und die Bergtour gebe ich mir lieber abends.«

»Wie du meinst, mein Schatz.«

Da er keine Anstalten traf, unsere Unterhaltung fortzusetzen, stand ich auf, murmelte: »Nehme an, ich darf mich als eingeladen betrachten. Mach's gut!«, und ließ ihn einfach sitzen.

Ich schlängelte mich durch die Menschenmassen zwischen den Marktständen. Als ich bei dem Stand mit den Gewürzen angelangt war, blieb ich unschlüssig stehen.

»Was darf's denn sein, gnädige Frau?«, fragte mich ein junger Araber.

»Ich habe mich noch nicht entschieden«, sagte ich und bemühte mich um ein Lächeln.

Doch die Farbenpracht aus Tausendundeiner Nacht und die exotischen Düfte zu genießen, war mir nicht vergönnt. Dicke Männer mit unzähligen Plastiktüten und aufgeregte Hausfrauen in manischem Kaufrausch rempelten mich an, drängten mich beiseite.

Plötzlich entdeckte ich Gudrun in einen wunderschönen, weichen lila Umhang gehüllt. Ausgesprochen »unauffällig« für ein geheimes Treffen. Ihr Selbstbewusstsein imponierte mir. Auch sie wurde von fremden Leuten angerempelt. Aber bei ihr entschuldigte sich fast jeder. Sie war einfach zu präsent.

Gudrun schien mich noch nicht bemerkt zu haben. Zögernd ging ich auf sie zu.

Als unsere Augen sich trafen, drehte sie mir demonstrativ den Rücken zu.

»Er wird morgen um etwa 18 Uhr laufen gehen. Ungefähr um 19 Uhr wird er auf der Höhenstraße, beim *Häusl am Stoan* unterwegs sein, denke ich«, zischte ich ihr ins Ohr und ging einfach weiter.

Bei einem der Blumenhändler am Ende des Marktes kaufte ich ein Dutzend Stiefmütterchen für meine Balkonkisten. Friedhofsblumen, wie passend, dachte ich und erstand auch noch einen verbilligten Strauß Rosen.

Für Sonntagabend lud ich mich dann selbst bei Freunden ein. Sagte, dass ich auf einen Drink vorbeikommen wolle.

Sie wohnten in meiner Nähe, im siebten Bezirk, dem Bezirk mit dem grünen Bezirksvorsteher und dem wenigsten Grün in der Stadt.

Die unschuldig weißen Rosen ließen bereits ihre Köpfe hängen, als ich am Sonntag, pünktlich um 18 Uhr, an der Wohnungstür meiner Freunde läutete. Sie freuten sich, mich zu sehen. Als sie mich nach zwei köstlichen Aperitifs zum Abendessen einluden, blieb ich nicht ungern. Die beiden waren leidenschaftliche Köche und brauchten immer Gäste, die sie mit ihren neuesten Kreationen beglücken konnten. Im Bett tut sich wahrscheinlich auch nicht mehr allzu viel bei denen, dachte ich, während ich das Vier-Sterne-Menü, das sie mir vorsetzten, genoss.

Als ich gegen 22 Uhr 30 leicht beschwipst heimkam – der französische Rotwein war ausgezeichnet gewesen –, war mein Mann noch nicht zu Hause. Ich machte mir keine großen Sorgen.

Kurz nach 23 Uhr rief mich die Polizei an. Und zu diesem Zeitpunkt wurde mir erst wirklich bewusst, dass das Treffen mit Gudrun kein Spiel gewesen war.

Mein Mann war tödlich verunglückt. Ein Autofahrer hatte ihn auf der Höhenstraße voll von hinten erwischt. Ihn mit mindestens 80 Stundenkilometer überfahren und sogar ein Stück hinter sich her geschleift. Fahrerflucht natürlich.

Das Telefon glitt mir aus der Hand und mir wurde schwarz vor den Augen. Als ich wieder zu mir kam, lag ich ausgestreckt auf dem Teppich im Wohnzimmer. Ich rappelte mich auf, ging in die Küche, gab ein paar Tropfen Baldrian in ein Glas Wasser und trank das bittere Gesöff ex.

15 Minuten später standen zwei Polizisten vor meiner Tür und baten mich mitzukommen.

Ich musste meinen Mann identifizieren. Er sah scheußlich aus. Sein Gesicht und sein Brustkorb waren völlig zerquetscht. Auch sein Unterleib war platt gedrückt. Ich hatte es aber schon mit schlimmer zugerichteten Unfallopfern zu tun gehabt, war also nicht besonders schockiert bei seinem Anblick. Obwohl es mich natürlich nicht kalt ließ, plötzlich meinen eigenen Mann in einer Schublade des Kühlkastens der Pathologie wiederzufinden.

Meine Tränen waren fast echt. Ich spielte nur zum Teil die verstörte Witwe. Mir war, trotz Baldrian-Tropfen, ziemlich übel. Anscheinend war ich ziemlich überzeugend. Von der Kriminalpolizei wurde ich jedenfalls nur einmal befragt. Reine Routine, wie mir der nette Oberinspektor gleich zu Beginn des Gesprächs versichert hatte. Er fragte nach unserem Auto und wo ich mich zwischen 18 und 21 Uhr aufgehalten hätte.

Mein Alibi war hieb- und stichfest. Und mein Audi stand sowieso schon seit Wochen in der Volksgarage. Während der kalten Jahreszeit benutzte ich ihn so gut wie nie. Meine Antworten auf die Fragen der Kripo-Beamten waren jedenfalls kurz und knapp, so wie sie es gern hatten. Mir war während der ganzen Einvernahme schlecht, und das registrierten die Bullen sehr wohl.

Trotzdem machte ich den Rest der Nacht kein Auge

zu, wälzte mich bis in die Morgenstunden im Bett. In der Früh rief ich im Krankenhaus an und meldete mich krank.

Nach diesem nächtlichen »Verhör«, falls man das nette Gespräch als solches bezeichnen konnte, musste ich noch einmal kurz aufs Kommissariat, um meine Aussage zu unterschreiben. Das war's dann. So einfach. Fast zu einfach, dachte ich.

»Der Tod des Joggers« war sogar dem ORF ein paar Meldungen wert. Sowohl im Fernsehen bei »Wien heute« als auch auf »Radio-Wien« brachten sie die schaurige Nachricht. Während der nächsten Tage und Wochen kaufte ich täglich alle Zeitungen. Der Lenker des Unfallfahrzeugs wurde offensichtlich nicht gefunden.

Am liebsten hätte ich Alice angerufen, sie gefragt, ob sie es tatsächlich getan hatte. Doch ich kannte weder ihren richtigen Namen, noch wusste ich sonst irgendetwas über sie, außer, dass sie heimlich rauchte und ihr psychisch gestörter Mann eine Fahrschule besaß.

Gudrun versuchte ich auf ihrem Handy zu erreichen. Ich ging sogar zweimal zu dem Haus in der Wienzeile. Beim ersten Mal öffnete mir keiner, als ich auf die Klingel von Top 4 drückte. Bei meinem zweiten Besuch wurde mir das Haustor aufgemacht. Im Stiegenhaus stank es nach wie vor nach Biomüll, obwohl die Mülleimer geleert worden waren. Dieses Mal ging ich zu Fuß hinauf in den ersten Stock. Die beiden Schilder vor der Wohnungstür waren entfernt worden. Die Löcher der Schrauben waren deutlich sichtbar. Ich läutete stürmisch.

Eine alte Frau öffnete die Tür.

Ich fragte, ob ich Gudrun sprechen könne.

»Was wollen Sie?«, schrie mich die Alte an. Lächelte aber freundlich. Offensichtlich war sie schwerhörig.

Ich fragte sie laut, fast schrie auch ich, nach ihrer Vormieterin, beschrieb ihr Gudrun. Die alte Frau lächelte mich nach wie vor an. Lächelte sogar, als sie die Tür vor meiner Nase zuschlug.
Ich versuchte es kein drittes Mal in der Wienzeile. Sah aber dann im Internet nach. Das Inserat »Scheidung – was tun?« war gelöscht worden. Gudruns wirklichen Namen kannte ich nicht. Sie war auch im Netz ohne Namen, nur mit dem Slogan und der Adresse in der Wienzeile, aufgetaucht.
Ich versuchte es sogar beim Bundesverband für Psychotherapie. Leider hatte ich wieder nur die Adresse, aber keinen Familiennamen zu bieten. Die Sekretärin wimmelte mich ab. Hielt mich wahrscheinlich für eine paranoide Patientin. Selbst die Nachfrage bei den Grundbucheintragungen und im Melderegister, die ich als Ärztin von meinem Arbeitsplatz aus vornahm, brachten keine neuen Erkenntnisse. Irgendwann gab ich die Nachforschungen auf.
Die Freundin meines Mannes hatte kurz nach seinem Tod eine Fehlgeburt gehabt. Manchmal suchten mich mein toter Mann und das tote Kind noch in meinen Träumen heim. Als der Sommer ins Land zog, hörten auch diese Albträume auf.
Ein Jahrhundertsommer! Ich verschenkte die wenigen Sachen, die meinem Mann gehört hatten, großzügig an die Armen. Richtete das Schlafzimmer neu ein und ließ den baufälligen Balkon renovieren. Ich hatte mich rasch an den Witwenstand gewöhnt, genoss die lauen Nächte allein auf meinem Balkon. Über mir der Sternenhimmel, unter mir die Lichter der Großstadt.
Die dienstfreien Wochenenden verbrachte ich in meinem kleinen, leider von Gelsen verseuchten Refugium an der Donau. Das leise Plätschern der Wellen, die an

der Uferböschung versandeten, ließ mich von heißen Nächten in der Südsee träumen.
Während der Narkosen las ich nach wie vor zumindest die kleinformatige Zeitung.
Eines Tages entdeckte ich einen kurzen Artikel über den schrecklichen Tod eines bekannten Wiener Fahrschulbesitzers. Der Tote, oder besser gesagt die kümmerlichen Reste, die von ihm übrig geblieben waren, wurden von seiner Frau, die sich zum Zeitpunkt des Unglücks bei ihrem Zahnarzt einer sehr schmerzhaften Kieferoperation unterzogen hatte, eindeutig identifiziert. Die untröstliche und schwer geschockte Witwe wurde neben diesem Artikel groß abgebildet. Das Foto zeigte eine von Schmerz geplagte junge Frau, die sich die Tränen aus den Augen wischte. Ich erkannte Alice, auch ohne ihre altmodische Brille, und fand, dass sie eine sehr attraktive Frau war.
Der arme Mann war in der U-Bahnstation Stephansplatz, also fast unter dem Dom, vor die einfahrende U-Bahn gestürzt und von den Rädern in mehrere Teile zerlegt worden. Selbstmord, Unfall, Mord oder gar ein Terroranschlag? Das stand für die Kriminalpolizei noch nicht fest. Auf dem Videoband war angeblich eine tief verschleierte, glutäugige Frau, eindeutig eine Muslima, ganz dicht neben ihm zu sehen. Allerdings war auf dem Band nicht zu erkennen, ob sie den Mann vor den Zug gestoßen hatte. Das Videobild ließ zumindest diesen Verdacht zu.
Als dieser schreckliche Unfall nach drei Tagen von der Seite 4 der Boulevardzeitung verschwand, las ich wieder anspruchsvollere Zeitungen.

4.

Mein neues Leben hatte ich gut im Griff. Ich war meinem Vorsatz, keinen Mann mehr zu wollen, treu geblieben. Beruflich hatte ich sogar einen gewissen Ehrgeiz entwickelt. Meine Ernennung zur Oberärztin stand unmittelbar bevor. Da damit eine Gehaltserhöhung verbunden war, freute ich mich sehr darauf.

Kurz vor Weihnachten bekam ich ein neutrales Billet, das mich ziemlich aus der Bahn warf. Die Weihnachtswünsche waren mit »Gudrun« unterschrieben. Der Name allein machte mich nervös. Was wollte sie von mir?

Ich konnte mir diese Frage natürlich selbst beantworten.

Inzwischen war ich überzeugt, dass die kleine Alice meinen verstorbenen Mann auf dem Gewissen hatte. Und genauso wahrscheinlich war, dass die schwarzäugige Gudrun, verkleidet als Muslima, Alices Mann vor die U-Bahn gestoßen, ihn unter dem Wiener Stephansdom gründlich entsorgt hatte.

Nun war also ich an der Reihe. Gudrun hatte jedoch nie einen Menschen erwähnt, den sie beseitigt haben wollte. Trotzdem konnte ich kaum noch schlafen. Ging jeden Morgen müde in den Dienst. Zum Glück beherrschte ich die üblichen Narkosen im Schlaf. Wenn ich aber so weitermachte, würde ich meine Beförderung zur Oberärztin ernsthaft gefährden.

Zu Silvester hatte ich Nachtdienst. Ich hatte mich freiwillig dafür gemeldet. Schließlich hatte ich keine Angehörigen, mit denen ich unbedingt den Jahreswechsel feiern musste.

Um 22 Uhr 30 wurde ein fünfzigjähriger Mann unter Verdacht auf Herzinfarkt eingeliefert.

Der diensthabende Assistenzarzt bemühte sich eine

halbe Stunde lang um ihn. Veranlasste die üblichen Untersuchungen: Blutabnahme, EKG, Ultraschall, und übergab den Patienten dann mir.

»Es geht ihm nicht besonders gut«, rechtfertigte er sich. »Aber sein Zustand ist halbwegs stabil. Wahrscheinlich hat er zu viel gesoffen. Trotzdem ist mir wohler, wenn du ein Auge auf ihn hast.«

Damit du mit der hübschen polnischen Stationsschwester in aller Ruhe ein Gläschen trinken kannst, dachte ich und murmelte: »Fauler Sack«, nachdem der junge Kollege die Tür hinter sich geschlossen hatte.

Ich hing dem Patienten eine Infusion mit einem herzstärkenden Mittel an und schaltete den Monitor ein.

Das Gesicht des Mannes kam mir irgendwie bekannt vor. Sein Name sagte mir allerdings nichts. Er war kein »Seitenblicke-Typ«, kein Politiker, kein Schauspieler, kein ehemaliger Spitzensportler.

Während ich noch darüber nachdachte, woher ich ihn kannte, läutete mein Handy. Es war kurz vor Mitternacht.

»Ein Gutes Neues Jahr wünsche ich dir, liebe Nora«, sagte eine Frauenstimme. Die Anrede »Nora« ließ nur eine Möglichkeit zu. Ich wusste sofort, wer mich da mitten in der Nacht anrief.

»Ich habe dich wochenlang gesucht«, sagte ich nach einer kleinen Pause vorwurfsvoll.

»Das war gegen unsere Abmachung. Erinnerst du dich nicht an unsere Regeln?«

»Ich erinnere mich.«

»Lass deinen neuen Patienten sterben. Das ist mein Auftrag an dich.«

»Bist du verrückt? Er ist nur stockbetrunken und hat einen leichten Herzinfarkt.«

»Genau darum geht es. Ich habe seiner Frau geraten,

ihm zur Feier des Tages Viagra in den Sekt zu tun, ihn trinken zu lassen, so viel er wolle, und wenn ihm schlecht werden sollte, die Rettung anzurufen. Sie sitzt jetzt bei ihren Freunden, wartet auf eine Nachricht aus dem Krankenhaus. Du solltest sie nicht persönlich anrufen, denke ich. Besser ein Pfleger erledigt das für dich.«
»Ich könnte, nein, ich werde meinen Job verlieren, wenn ich ihn sterben lasse.«
»Du kannst deinen Job sofort aufgeben, du wirst genug Geld haben, wenn du jetzt endlich handelst. Gib mir deine Kontonummer. Wir haben ein Spendenkonto für mittellose Hinterbliebene eingerichtet. Inzwischen sind einige Hunderttausend Euro drauf. Du hast keine Ahnung, wie spendenfreudig dankbare Witwen sind.«
»Wer ist dieser Mann?«
»Das weißt du doch.«
»Nein, weiß ich nicht«, sagte ich trotzig, obwohl ich natürlich ahnte, um wen es sich handelte.
»Tu einfach das, was wir ausgemacht haben. Denk an die liebe Alice, die dich von all deinen Sorgen befreit hat.«
Gudrun konnte doch nicht ernsthaft von mir verlangen, dass ich diesen fremden Menschen einfach ins Jenseits schickte.
»Bist du noch dran?«, fragte ich.
»Natürlich. Ich will wissen, ob du es machen wirst oder nicht. Er hat den Tod verdient. Glaub mir.«
»Und wenn ich es nicht mache?«
»Ich bin überzeugt, du wirst seine arme Frau nicht im Stich lassen. Du hast von uns allen am meisten Mitleid mit ihr gehabt.«
»Wovon sprichst du?«

»Stell dich nicht blöder als du bist.«
»Du rufst von einem Yes-Handy an?«
»Ja, einem gestohlenen.« Gudruns Lachen klang nicht so liebenswürdig wie früher.
»Was soll ich tun?«
»Verpass ihm eine Spritze oder eine tödliche Pille. Aber wie ich dich kenne, hast du bestimmt eine viel raffiniertere Idee.«
Ich war sprachlos.
»Vergiss es«, sagte ich leise. »Ich rette Leben, so dramatisch das in deinen Ohren auch klingen mag. Und ich beende ein Leben nur dann, wenn es für diesen Menschen absolut keine Chance mehr gibt.«
Gudrun gab wieder ihr vollkehliges Lachen von sich. »Ich habe verstanden, Frau Moralapostel. Aber anscheinend hast du nichts dagegen gehabt, dass dein Mann bei einem Verkehrsunfall ums Leben gekommen ist.«
»Das war ein Fehler. Ich habe euer Gerede anfangs nicht ernst genommen«, sagte ich verlegen, denn insgeheim musste ich ihr natürlich Recht geben. »Wer ist übrigens diese alte Dame, die jetzt in deiner Praxis wohnt? Gehört die auch zu eurem Verein?«, wechselte ich rasch das Thema.
»Keine Ahnung. Ich habe diese Wohnung für ein Jahr unter falschem Namen gemietet. Einen Monat habe ich investiert, um diese Bruchbude herzurichten, und in den anderen elf Monaten habe ich armen, verzweifelten Ehefrauen einen Ausweg aus ihrer Misere geboten. Die Scheidungsrate ist, zumindest in Wien, beträchtlich gesunken.«
Ihre Offenheit am Telefon missfiel mir. Wer weiß, ob mein Dienst-Handy nicht abgehört wurde.
»Er ist ein Pädophiler«, fuhr sie fort. »Ein verfluchtes

Arschloch. Aber kein Gericht wird ihn je verurteilen. Wo keine Klägerin, da kein Urteil. Glaub mir, du erweist der Menschheit einen Dienst, wenn du ihn sterben lässt. Sollte er wieder genesen, wird er weiterhin seine Töchter missbrauchen und seine Frau wird wie bisher hilflos und ohnmächtig zusehen. Sie wird ihn niemals anzeigen. Sie glaubt, ihn nach wie vor zu lieben. Du kennst sie ja.«
»Nur flüchtig«, murmelte ich. Doch Gudrun hatte bereits, ohne sich zu verabschieden, aufgelegt.
Ich ging zurück auf die Intensivstation, kümmerte mich erst einmal nicht um den Kranken, sondern machte mir einen Kaffee.
Um endlich wieder einen klaren Kopf zu bekommen, stieg ich mit einer Tasse Kaffee durchs Fenster hinaus auf den Balkon. Gab jedoch Acht, das Fenster nicht hinter mir zu schließen. Es ließ sich von außen nicht öffnen. Vor einigen Jahren war angeblich dort draußen schon mal ein Patient erfroren.
Die Feuerwerkskörper malten farbenfrohe Blumen an den sternenlosen Silvester-Himmel.
Ich zündete mir eine Zigarette an. Genoss die Zigarette zu meinem Kaffee.
Während ich das grandiose Feuerwerk über den Dächern von Wien bewunderte, vernahm ich plötzlich lautes Schluchzen hinter mir.
Ich drehte mich um. Neben dem einzig belegten Bett auf meiner Station stand Marie. Genauer gesagt stand sie nicht neben dem Bett, sondern lag fast auf ihrem kranken Mann, drückte und küsste ihn weinend.
Ich hätte sie fast nicht erkannt. Marie hatte seit unserer letzten Begegnung mindestens fünfzehn Kilo abgenommen.
Pietätvoll drehte ich ihr wieder den Rücken zu, mach-

te ein paar hastige Züge und schnippste dann, wie ein Knacki, meinen Tschik aus dem siebten Stock hinunter.
Als ich beim Anblick der riesigen, an Dubai erinnernden Palme am Himmel Begeisterungslaute ausstieß, spürte ich plötzlich eine Hand auf meiner Schulter.
Ich drehte mich um.
»Nora«, rief Marie überrascht. »Was machst du denn hier?«
Sie starrte auf meinen weißen Mantel und stotterte: »Ar … arbeitest du et … etwa …, bist du sei … ne Är … Ärztin?«
Bevor ich noch antworten konnte, verzerrten sich ihre verhärmten Gesichtszüge zu einer bösen Grimasse.
»Ich weiß, was du vorhast«, schrie sie. »Du wirst ihn nicht töten! Ich liebe ihn. Ich kann ohne ihn nicht leben.«
»Sei still! Ich habe nicht vor …« unterbrach ich sie.
»Ich werde euch anzeigen. Euch alle drei«, brüllte sie weiter. Zum Glück übertönten die explodierenden Feuerwerkskörper ihr Geschrei.
»Ich habe von diesen beiden tödlichen Unfällen in der Zeitung gelesen. Der Tod eines Joggers und der Tod eines Fahrschulbesitzers … Haltet mich ja nicht für blöd.«
Ich sah keinen anderen Ausweg, als alles abzustreiten. »Wovon redest du? Welche Unfälle? Der Herzinfarkt deines Mannes hat dich anscheinend völlig aus der Bahn geworfen. Soll ich dir eine Beruhigungstablette holen?«, fragte ich sie mit sanfter Stimme.
»Du bist die Scheinheiligkeit in Person«, fauchte Marie mich an. »Dabei habe ich bisher geglaubt, du wärst noch die vernünftigste von all diesen emanzipierten Weibern. Heute früh hat mich diese verrückte Gudrun

angerufen und mir gesagt, was ich meinem Mann in den Sekt tun soll. Ich habe es nicht gemacht. Er ist trotzdem, nach all dem Zeug, das er durcheinander gesoffen hat, umgekippt. Unsere Freunde haben dann die Rettung gerufen. Der Notarzt hat einen Herzinfarkt festgestellt. Dieser junge Arzt steckt bestimmt mit euch unter einer Decke. Ich habe euer teuflisches Spiel längst durchschaut«, verkündete sie lautstark und triumphierend.

»Beruhige dich, Marie, bitte«, sagte ich leise. Fürchtete ich doch, dass man ihre Worte, trotz Feuerwerk, im Schwesternzimmer nebenan hören könnte.

»Ich werde die Polizei anrufen. Ihr gehört in den Knast«, kreischte sie.

»Aber warum denn? Ein Herzinfarkt ist heutzutage keine große Sache. Dein Mann wird sicher überleben.« Ich bemühte mich, überzeugend zu klingen. Sah ihr tief in die Augen und fasste sie dann am Arm, wollte sie zurück ins Zimmer bringen.

Weder meine Worte, noch mein intensiver Blick schienen sie zu besänftigen. Mit einer heftigen Bewegung schlug sie meine Hand weg.

»Glaub mir, ich habe noch nie jemanden umgebracht und werde auch nie …«

Doch Marie ließ mich nicht ausreden. Sie war total außer sich. Stürzte sich wie eine Furie auf mich, schlug auf meine Brust und meinen Magen ein und schrie hysterisch: »Mörderin!«

Erst als sie ihre Hände um meinen Hals legte und heftig zudrückte, setzte ich mich zur Wehr, versuchte sie wegzustoßen.

Der Druck ihrer Finger an meiner Kehle ließ nach, doch sie umklammerte mich nun mit beiden Armen wie ein Äffchen.

Das eiserne Geländer des Balkons bohrte sich in meinen Rücken. Mein Oberkörper hing schon fast zur Gänze über dem Abgrund.
Vor zwanzig Jahren hatte ich einen Selbstverteidigungskurs für Frauen besucht. Plötzlich fiel mir einer dieser spektakulären Griffe ein, die sie uns dort beigebracht hatten.
Es gelang mir, die um einen Kopf kleinere Marie mit einem heftigen Tritt gegen ihr Schienbein aus dem Gleichgewicht zu bringen. Blitzschnell packte ich sie dann mit beiden Händen zwischen den Beinen, hob sie auf und wollte sie zu Boden befördern.
Anscheinend hatte ich zu viel Kraft und zu viel Schwung in diesen Griff gelegt. Die arme Marie flog förmlich über das niedrige Geländer, segelte im Sturzflug hinab. Ihr Schrei ging in der Explosion eines Feuerwerkkörpers unter.
Entsetzt beugte ich mich hinunter, sah aber in der Finsternis nicht, wo sie aufschlug.
»Oh mein Gott, was habe ich getan«, flüsterte ich.
Marie würde den Sturz aus dem siebten Stock sicher nicht überlebt haben. Bilder ihres zerschellten Körpers tauchten vor meinen Augen auf und mir wurde ganz schwindlig. Ich klammerte mich an das Geländer und starrte hinab in die Dunkelheit.
Plötzlich kamen mir wieder Gudruns Worte in den Sinn. Sie hatte nicht ganz Unrecht. Manche Frauen haben eben keine andere Chance, als zu den letzten Mitteln zu greifen.
Mit zitternden Händen zündete ich mir eine zweite Zigarette an.
In diesem Moment betrat mein Lieblingspfleger Danis, ein hübscher junger Inder, die Intensivstation. Er sah sich suchend um.

»Bilde ich es mir nur ein oder habe ich Sie gerade mit jemandem sprechen gehört, Frau Doktor«, fragte er in seinem überkorrekten Deutsch.
Er stieg durchs Fenster raus zu mir auf den Balkon und schnorrte mich um eine Zigarette an. Meine Hände zitterten noch immer, als ich ihm mein Päckchen reichte.
Mit einem Blick auf meinen einzigen Patienten fragte er dann mit einem anzüglichen Grinsen: »Sollen wir ihn nicht lieber auf die kardiologische Intensivstation im vierten Stock verlegen, damit Sie auch ein bisschen mit uns feiern können?«
»Wenn ich Hilfe brauche, gebe ich Ihnen Bescheid«, sagte ich arrogant.
Bestimmt hatte er meine Auseinandersetzung mit Marie mitbekommen. Warum würde er sonst wohl so penetrant grinsen?
Werd jetzt bloß nicht paranoid, ermahnte ich mich selbst. Asiaten lächeln immer, versuchte ich meine Angst in den Griff zu kriegen.
Als er seinen Arm um meine Schultern legte, erstarrte ich, wehrte mich jedoch nicht gegen seine Umarmung. Ließ ihn sogar gewähren, als er meinen Rücken zu streicheln begann.
Der Rauch, der unseren Zigaretten entwich, vereinte sich in der kalten Nachtluft. Wir sprachen kein Wort miteinander, schauten beide nur auf den blauschwarzen Himmel, der alle paar Sekunden in fantastischen Farben erstrahlte.
Nach dem furiosen und sehr lautstarken Finale des Feuerwerks schickte ich Danis zurück zur Silvesterparty im Aufenthaltsraum und kümmerte mich endlich wieder um meinen Patienten.
Ich dachte an eine inzwischen Fünfzehnjährige und

ihre zwölfjährige Schwester. Malte mir ihre trostlose Zukunft ohne Mutter und vor allem ihr Martyrium mit ihrem kriminellen Vater aus. Gudrun und die vielen dankbaren Witwen würden sich bestimmt besser um die beiden Waisen kümmern …

Ich war eine vehemente Gegnerin der Todesstrafe, verurteilte Selbst- und Lynchjustiz in jeder Diskussion und würde sie auch jederzeit vor Gericht bekämpfen. Aber ich war nun einmal allein heute Nacht.

Ohne noch eine Sekunde länger über ethische und moralische Fragen nachzudenken, zog ich meine dünnen Plastikhandschuhe an, schaltete den Monitor des EKGs ab und drehte ein bisschen an der Digitalis-Infusion. Dann befahl ich Maries Mann, sich in den Rollstuhl zu setzen.

Er rührte sich nicht, hatte die Augen geschlossen. Den tödlichen Unfall seiner Frau hatte er garantiert verschlafen.

Ich rüttelte ihn unsanft an der Schulter.

»Aufstehen«, zischte ich ihm ins Ohr.

Erschrocken starrte er mich an.

»Wir müssen Sie verlegen«, sagte ich eine Spur freundlicher.

»Der … der Arzt hat … hat mir … strenge Bettruhe ver … verordnet«, stammelte er.

»Kommen Sie, ich werde Ihnen helfen.« Ich beugte mich über ihn und fasste ihn an seinem linken Arm. Er stöhnte vor Schmerz. Als er seinen anderen Arm um meine Taille legte und sich von mir hochziehen ließ, musste ich mich fast übergeben. Mich ekelte vor der körperlichen Nähe und vor seiner Alkoholfahne. Wahrscheinlich machte er sich absichtlich schwer. Doch ich konnte schlecht jemanden vom Pflegepersonal bitten, mir zu helfen.

Als ich dieses perverse Schwein endlich im Rollstuhl hatte, war ich schweißgebadet. Ein Blick auf sein graues Gesicht entschädigte mich ein wenig für all die Mühe, die ich mir mit ihm machte. Er sackte in sich zusammen. Die Anstrengung war anscheinend zu viel für ihn gewesen.
Bevor ich ihn eigenhändig hinunter auf die kardiologische Intensivstation im vierten Stock brachte, sah ich mich auf dem Gang um.
Keine Menschenseele war zu sehen. Aus dem Aufenthaltsraum der Schwestern drang fröhliches Gelächter. Ob mein widerlicher Patient den Transport mit dem Lift und den ausgedehnten Spaziergang über die langen Gänge überleben würde oder nicht, wird der liebe Gott entscheiden, dachte ich. Zwar fürchtete ich um meine Beförderung zur Oberärztin, andererseits war ich katholisch, vertraute also auch auf den Gerechtigkeitssinn des Herrn.
Um Marie war mir sehr leid. Ich hatte wirklich nicht gewollt, dass es so weit kommen würde. Ich würde nun mit dieser Schuld leben müssen. Vor meinen zukünftigen Albträumen graute mir. Andererseits hatte ich den Tod meines Mannes ja auch relativ rasch überwunden.
Maries zerschmetterter Körper würde wohl spätestens bei Anbruch des Neujahrstages gefunden werden. Ich würde dann wahrscheinlich gerade meinen Dienst beenden und endlich nach Hause gehen können. Ich war überzeugt, dass mich keiner, außer Danis vielleicht, verdächtigen würde. Meine Judo-Griffe hatten bestimmt keine Spuren hinterlassen.
Da man die Todeszeit sicher nicht auf die Minute genau würde bestimmen können, würde ich sogar ein perfektes Alibi haben. Als sie sprang, war ich mit

ihrem Mann unterwegs in den vierten Stock. Da sie, als sie ihren geliebten Ehemann besuchen wollte, sein Bett auf der Intensivstation leer vorfand, hatte sie natürlich annehmen müssen, dass er inzwischen tot wäre. Und in ihrer Verzweiflung war sie ihm eben gefolgt. So wie eine dieser indischen Witwen. Unser indischer Pfleger würde sicher als erster dafür Verständnis haben.

Ach Gudrun, du hattest Recht! Mord ist keine komplizierte Angelegenheit.

Nachdem ich den Beinahe-Leichnam – er atmete gerade noch – bei dem diensthabenden Kollegen, der erst seit K urzem mit seiner Facharztausbildung begonnen hatte und sich heute Nacht um acht Intensivpatienten gleichzeitig kümmern musste, abgegeben hatte, fühlte ich mich gleich besser.

Ich fuhr mit dem Lift wieder hinauf in den siebten Stock, ging ins Schwesternzimmer, aß ein paar trockene Weihnachtskekse, ließ mir von Danis ein Gläschen Sekt einschenken und zwinkerte ihm zu, als ich sagte: »Ich komme gerade von der Intensiv im vierten Stock. Habe den Kollegen von der Kardiologie unseren einzigen Patienten verehrt. Dort unten ist übrigens der Teufel los. Der Neue ist total überfordert. Aber bei uns heroben scheint ja nun zum Glück alles friedlich zu sein.«

Danis zwinkerte zurück. Seine anzüglichen Blicke behagten mir nicht. Aber vielleicht war er tatsächlich nur ein bisschen in mich verliebt. Sollte er jedoch mehr von meinem dramatischen Silvesterabend mitbekommen haben, als mir lieb war, und es wagen, mich zu erpressen … Gudrun war eine gute Lehrmeisterin!

Lächelnd stieß ich mit ihm auf ein erfolgreiches Neues Jahr an.